シャーウッド
SHERWOOD

WRITTEN BY YU KOMAZAKI
ILLUSTRATED BY KUMIKO SASAKI

駒崎 優
[画] 佐々木久美子

上

CONTENTS

Little John
リトル・ジョン
逞しい肩を持つ大男。
Nicholas
ニコラス
森のリーダー的存在。
弓の名手。
Thomas
トマス
騎士階級出身の少年。
剣よりも弓が得意。

Allan
アラン
フランス人の
血を引く美青年。
Will
ウィル
不敵な笑みが
似合う青年。
レイフの従兄弟。
Much
マッチ
小さく華奢な少年。
トマスと同い年。
Ralph
レイフ
優しげな顔立ちの青年。
巧みに弓を操ることができる。
CHARACTER

イラストレーション／佐々木久美子

春の息吹きが、森の奥から香ってくる。

鮮やかな緑の新芽に覆われた低木の陰に、一人の若者がうずくまっていた。地面に片膝をつき、枝の隙間から向こうを透かし見ている。左手は長弓を握り、右手は弓につがえた矢を支えていた。

外套《がいとう》は厚い毛織のいい品で、チュニックには毛皮の縁取りまでついているが、どちらもあちこちがほつれ、薄汚れていた。まだ少年の面影が残る丸い顔には、濃い疲労の影がある。青い目は飢えにぎらついていた。

もし生き延びることができれば、トマスは来月、十六歳の誕生日を迎える。

十日前に、彼は家を出てきた。手にしていたのは愛用の弓と、矢筒に収められた数本の矢だけだ。財布の中にはそもそも数ペンスしか入っておらず、その金はすでに、食べ物となって消えていた。

家族は彼の行方を知らない。彼自身も、自分が今どこにいるのかよく判《わか》っていない。判っていたとしても、家に知らせることはできない。

それを思うと暗澹《あんたん》たる気分になった。この先どうするのかも決めていない。しかしそのことについて考えるのは後回しだ。彼は一昨日《おととい》から小川の水以外何も口にしていなかった。とにかく腹に何か入れなければならない。

木々の間に、群れからはぐれた一頭の雄鹿がおずおずと姿を現した。

トマスは息を殺してそれを見守った。これこそ彼が待ち望んでいた瞬間だった。昨日この小さな空き地に鹿の糞《ふん》を見つけてから、彼はひたすら、じっと待ち伏せしていたのだ。

慎重に弓を持ち上げる。彼はこの二日の間に、三回の失敗を経験していた。鹿は臆病な生き物だ。不用意に動けば弓を引く間もなく逃げられてしまうということを、彼は身をもって、嫌というほどに学ばされた。仲間たちと共に猟犬を伴って行った騒々しい狩りでは、知る機会のなかったことだ。

彼の周囲では、小鳥たちがのどかにさえずっている。

飢えに感覚が鈍り、彼は鳥の声などほとんど気にも留めなかった。ひたすらに鹿を見つめながら、そっと弓を引く。緊張に手が震えた。これを外せば、今夜も空《す》きっ腹《ぱら》を抱えて眠らなければならない。もうそろそろ限界だ。

そんな状態でなければ、彼ももう少し周囲に注意を払っていたかもしれない。互いに鳴き交わす小鳥の声の中に、それを真似《まね》た人間の声が紛れていることにも、もしかしたら気付いたかもしれない。

トマスは狙いを定めた。だがそのとき鹿が数歩足を進め、彼に尻を向けてしまった。狙いにくい角度だ。尻に矢を突き立てることができたとしても、鹿はそのまま逃げてしまうだろう。空腹で走ることもできない彼が、追いつける見込みはあまりない。

鹿はゆっくりと頭を下げ、草を食《は》み始めた。

トマスは歯を食いしばった。腕の筋肉が震え始める。このまま待つか、それとも一か八《ばち》かで矢を放ってみるべきなのか。

トマスの腹の虫が微《かす》かな音を立てた。鹿の耳がぴくりと動く。もしかしたら自分の腹の音が鹿の耳にまで届いてしまったのかもしれないと、トマスは焦った。しかし腹の虫を鳴きやませる術《すべ》はない。

この鹿を逃したら、街道にさまよい出て物乞いか追剝をするしかない。あるいは、この森から出られずに飢え死にし、死体を獣に食われることになるかもしれない。

彼は意を決した。半ば破れかぶれで一気に弓を引き絞る。

唸《うな》りを上げて飛来した一本の矢が、鹿の喉を貫いた。

トマスはぎょっとして弓矢を下ろした。そう、彼の矢は放たれていない。弓に引っかかってぶら下がったままだ。何が起こったのか彼が理解するより前に、飛んできたもう一本の矢が、鹿の胴体に突き立った。

鹿は声も立てずに、その場にどさりと倒れた。

トマスは思わず、隠れ場所から立ち上がった。目眩《めまい》を起こしてよろめいたが、手近な木にもたれかかって何とかしのぐ。啞然《あぜん》として、つい先刻まで彼のものであったはずの獲物を見つめる。

木々の間から、まるで降って湧いたかのように、見知らぬ男たちが集まってきた。

彼らは全部で四人いた。年格好は様々だが、全員が、森の木々に紛れる茶色や緑を身に着けていた。通りすがりの農夫などでないことは確かだ。彼らは明らかに、徒党を組んで狩りをしていた——王の森で、王の鹿を狩ったのだ。

森に無法者が住んでいるという話は、トマスも耳にしたことがあった。密猟、強盗、そして殺人、何でもやる連中だという。だが実際にその姿を見たことはなかった——今までは。

一人が鹿の上に屈《かが》み込み、まず首に刺さっていた矢を引き抜いた。

「レイフ、おまえのだ」

血の滴るそれを、一人の男に渡す。続いて、胴に刺さった矢が抜かれた。

「こっちはあんただ、ニコラス。心臓をぶち抜いたな」

矢を射手に返そうとした男の目が、そのとき、トマスの存在に気付いた。素早い動作で立ち上がる。

「誰だ！」

トマスは木に縋《すが》ったまま動けずにいた。男が叫んだと同時に、レイフと呼ばれた若い男がさっと振り返って弓を構えたのだ。鹿の命を奪ったばかりの矢が、今度はトマスの胸に狙いを定めている。矢尻からは血の筋が滴っていた。

中でも抜きん出て身体の大きな男が、レイフの脇を抜け、大股にトマスのほうへとやってきた。トマスは逃げられなかった。もし身動きすれば、自分も鹿と同じ運命を辿《たど》ることは明らかだったのだ。

大男が手を伸ばしてトマスの外套の襟首を摑《つか》む。抵抗する間もなく、トマスは易々《やすやす》と茂みから引きずり出された。踵《かかと》はほとんど宙に浮いている。大男が彼の顔を間近に見つめる。

「ガキだ」

ぶっきらぼうに、大男はそう断じた。

死んだ鹿の隣に立たされ、トマスは四人の男たちに周囲を固められた。

大男はトマスの外套を摑んだままだ。それで危険はなくなったと判断されたのだろう。鹿から矢を抜いた男は、トマスのほうを窺《うかが》いながらも再び鹿の上に屈み込んだ。獲物の腹を切り開き、内臓を抜く仕事に取り掛かる。

レイフも弓を下ろした。優しげな顔立ちの若者で、金色の巻き毛がフードからはみ出している。大きな口の端には、面白がっているような微笑が浮かんでいた。だがその青い瞳は、冷徹にトマスを観察している。

ニコラスと呼ばれた、鹿の心臓を射抜いた男は、三十代半ばに見えた。顔は薄茶色の髭《ひげ》に覆われているが、無法者らしからず、穏やかに整った容貌の持ち主である。トマスの正面に立ち、大きな茶色の目でトマスをじっと眺めている。

彼は自分の弓の先で、トマスが手にしていた弓矢を指した。

「察するところ我々は、君の狙った獲物を横取りしたようだな?」

低く響く心地よい声だった。粗野なところは皆無だ。トマスは答えようとしたが、外套に首を絞められ、うまく言葉を発することができなかった。

ニコラスが片手を振って合図すると、トマスを捕まえていた手が緩む。支えを失ってよろめいたが、トマスは何とか踏みとどまった。その様子に男たちが笑う。

トマスは精一杯威儀を正して、ニコラスに向かい合った。幸いなことにニコラスは中背で、体格はトマスともほとんど変わらない。無理をせずとも、相手の視線を正面から捉えることができる。

「確かに、狙っていた」

トマスは認めた。

「だけど僕は、矢を放てなかった。もし矢を射ていたとしても、あの角度じゃ仕留められなかったと思う。だから、横取りされたとは思っていない。これは、あんたたちの鹿だ」

「いや、これは俺たちの鹿じゃない」

金髪のレイフが口を挟んだ。にっこり笑うと目尻が下がり、思わず笑みを返したくなるような好人物に見える。だが、その口調は辛辣だ。

「これは国王陛下の鹿だ。陛下の鹿に矢を射掛けるのは罪になるということを知ってるか？」

からかわれているのか、それとも喧嘩《けんか》を売られているのか、トマスには判らなかった。この状況で無法者の集団に立ち向かうのは、愚かなことかもしれない。膝をついて命乞いをするべきなのかもしれない。

だが冷静にそう判断を下すには、トマスはあまりにも自尊心が強く、そして空腹だった。

「ああ、知ってる」

レイフに向かって、彼は喧嘩腰に応じた。

「だが、陛下は今イングランドにいない。生きているかどうかも判らない」

十字軍に出征したイングランド国王リチャードは、聖地エルサレムからの帰途、オーストリアのレオポルド公の捕虜となった。去年の末のことである。それ以降、王の消息は不明のままだ。死んだという説もあれば、牢獄《ろうごく》の中で生きているという説もある。

「陛下がここにいないからって罪に問われないわけじゃない」

トマスを見据えたまま、金髪の若者は唇の片端を吊《つ》り上げる。

「陛下がどこにいようと、役人は自分の仕事をするからな」

トマスは相手から目を逸《そ》らさなかった。レイフも同様だ。ふてぶてしい笑みは揺るがない。

トマスには、戦場で命のやり取りをした経験がない。しかし幼い頃から訓練は積んできた。ここで引いてはならぬことも判る。両者の間の空気が張り詰める。

このとき、トマスの腹がひときわ大きな音を立てた。

トマスを捕まえた大男が噴き出した。その瞬間、張り詰めていた空気が緩む。無法者たちが笑い始め、トマス自身もそれに思わずつられてしまった。

「なるほど」

ニコラスがうなずく。

「つまり食うために、あの鹿が欲しかったというわけだな？」

「もう何日もまともに食べていない」

正直にトマスは答えた。ニコラスが死んだ鹿を指す。

「国王の鹿を食う覚悟があるか？」

「今だったら、国王その人でさえ食えると思う——焼いてあればね」

その返事に、男たちは再び笑い声を立てた。

「いいだろう」

ニコラスは改めて、値踏みする眼差《まなざ》しでトマスを眺めた。

「君を食事に招待しよう。だが妙な真似をしたら、ジョンが君の首をへし折ることになる。それは、

「承知しておいてもらいたい」

ニコラスが指したのは、トマスの後ろにいる大男だ。トマスは肩越しにジョンを見上げた。確かにこの男ならば、自分の首を折ることなど造作もないだろう。ジョンがトマスを見下ろして、にやりと笑ってみせる。物騒な脅し文句の割には、気のいい笑顔だ。

「――判った」

トマスは同意した。ここで食べ物にありつく機会を逃せば、どうせ飢え死にするしかないのだ。

トマスは彼らの客となった。誰も、ニコラスの決定に異を唱えない。見知らぬ人間を食事に招くのは、彼らの間ではどうやら珍しいことではないようだ。

綺麗《きれい》に内臓を抜かれた鹿が、ジョンの逞《たくま》しい肩に担ぎ上げられる。レイフの先導で、彼らは森の奥深くへ入って行った。

トマスはニコラスの隣を歩かされた。すぐ後ろにはジョンが控えている。

「名前は？」

ニコラスの問いに、トマスは一瞬口ごもった。

「……トマス」

よくある名前だ。それくらいなら教えたところで何の問題もないはずだ。次には当然、どこの誰かを問われるだろうと身構えたが、ニコラスからは、それ以上の質問はなかった。

ニコラスは一行の名前を教えてくれた。ニコラスを含めた三人は、トマスもすでに把握している。最後の一人、鹿の処理をしていたのはウィル・スケイズロックという男で、レイフの従兄弟《いとこ》なのだという。

　トマスのすぐ前を歩いていたウィルが、自分の名を聞きつけてちらりと振り返った。フードからはみ出している髪は黒っぽいが、言われてみれば、不敵な笑みの形がレイフに似ている。

　トマスは果てしなく続く森を見回した。道らしい道はない。湿った土と草の上を、彼らは木漏れ日を浴びながら進んでいる。

　だがその木漏れ日も、森の奥へと進むにつれて薄らいだ。巨大な木が多くなってきた。張り出した枝が幾重にも頭上に覆いかぶさり、景色すら灰色に変わり始める。一人だったら、こんな場所には恐ろしくて近寄ることもできなかっただろう。トマスにはもう、自分がどこにいるのか見当すらつかない。

「どこに向かってるんだ?」

　不安に駆られて尋ねる。ニコラスは前を向いたまま微笑した。

「我々のねぐらだ。もうすぐ着く」

「あそこだ」

　先頭のレイフが、行く手を指差してみせた。木々の間から、煙が上がっているのが微かに見える。

　彼らは火の焚《た》かれている窪地《くぼち》へと向かった。その場所で目を引くのは、土の上の炎と、その上に掛けられた鍋だけだ。

「鹿だ!」

　だが、どこかから突然声が響いて、トマスはぎくりと身を強張《こわば》らせた。声を合図に、周囲の景色が動いた。森の中に溶け込んでいた男たちが、一斉に、狩人《かりゅうど》たちを迎えに出てきたのだ。

ジョンが鹿を地面に下ろすと、すぐさま解体が始まった。慣れているらしい三人ほどが、あっという間に鹿の皮を剝ぎ、肉を切り離していく。

トマスは火の前に座らされた。

「そこが、客の座る場所だ」

そう言いながら、ニコラスが彼の隣に腰を下ろす。ジョンはトマスの後ろにいる。

トマスは呆然《ぼうぜん》と辺りを見回した。見たところ、ここにはざっと二十人ほどの無法者たちが暮らしているようだった。みな森に溶け込む服装で、多くが無精に髭を伸ばし、年齢はまちまちだ。トマスを興味深げに眺めた者もいるが、大半の者は、それまで手掛けていた仕事を続けていた。薪《まき》が火にくべられ、上に掛けられた大鍋がせっせと掻《か》き回される。料理には関与せず、新しい矢を作ったり、靴を繕っている者もいる。

レイフとウィルは仲間たちに、鹿狩りの様子と、客が来ることになったいきさつを話して聞かせていた。一方で鹿肉が分厚く切られ、串に刺されて、焚火《たきび》の周りに並べられる。鍋からも湯気と共に、いい匂いが漂っていた。空腹のあまり、トマスの胃が痛み始める。無意識のうちに前のめりになって顔を鍋に近付けた彼は、襟首をジョンに摑まれた。

「頭から鍋に突っ込む気かよ」

髭に覆われたいかつい顔は、笑っている。

「勘弁してくれ。スープが食えなくなっちまう」

さらに、トマスにとっては気の遠くなるほど長い時間がのろのろと過ぎた。

男たちが頭越しに、自分について話している声も聞こえたが、トマスは気にも留めなかった。目の前で焼けていく鹿肉に釘付《くぎづ》けだ。たとえ生焼けの状態であったとしても、トマスはまったく構わない気分だったが、今手を出せばジョンに止められるであろうことは、試さずとも判っていた。

料理人は時折スープの中に水や野菜を足しては、味を見ている。腹を空かせている若者を弄んでいるわけではなかっただろうが、トマスはそれすら羨んだ。口から溢《あふ》れそうになった唾液をひたすら飲み込む。

ようやく、料理人がうなずいた。スープはぷつぷつと泡立ち、鹿肉も色良く焼けている。男たちが火の周りに集まって来る。ようやく食べ物にありつけると、トマスはほとんど縋るような目で料理人を見た。

その瞬間、辺りが静まり返った。

それまで周囲に満ちていた男たちの話し声がぴたりと止んだのだ。料理人が、胸の前で両手を組み合わせた。他の者もそれに倣う。森に住む無法者たちは、食前の祈りを捧《ささ》げようとしているのだ。それに気付いて、トマスも慌てて胸の前で両手を組んだ。

「父よ、あなたの慈しみに感謝してこの食事をいただきます。ここに用意されたものを祝福し、私たちの心と身体を支える糧としてください――」

驚いたことに、祈りの言葉は、ゆったりとした美しいラテン語で唱えられた。

敬虔《けいけん》に頭を垂れた無法者たちのために祈りを捧げているのは、ニコラスだった。好奇心に突き動かされ、トマスは横目で彼を盗み見た。聖職者のようには見えなかったが、ニコラスがラテン語を扱い慣れているのは間違いない。トマスも毎日のミサで司祭のラテン語を聞いていた。だがニコラスのラテン語の才が、司祭のそれを大きく凌駕《りょうが》しているのは明らかだ。

短い祈りはすぐに終わった。

「アーメン」

トマスも男たちと共に唱和した。その瞬間は森の中ではなく、まるで静謐《せいひつ》な教会にいるようだった。

そしてようやく、食事が配られた。

トマスは鹿肉の最初の一切れを渡された。表面はこんがりと焦げてうまそうな匂いの湯気が上がり、脂が滴り落ちている。口の中を火傷《やけど》しながら、トマスは焼肉を貪った。さらに野菜とベーコンのスープ、そしてパンが渡される。

「ゆっくり食え、ゆっくり」

ジョンが呆《あき》れたようにそう言うのが聞こえたが、トマスは自分の手と口を止めることができなかった。固いパンを嚙《か》んでいるときだけ、火傷の痛みを意識したが、それを飲み下してしまうと、再び焼肉にかぶりつき、熱く濃いスープを喉に流し込まずにはいられない。

「急がないと、客に、今日の獲物を全部食われちまうぜ」

レイフの軽口に男たちが笑う。だがトマスは構わなかった。実際、鹿の一頭くらい食べられそうな気がしたのだ。新しく切り取られた鹿肉が、どんどん炎の周りに追加され、焼かれていく。

男たちは和気あいあいと食事を楽しんだ。彼らはエールの樽《たる》まで持っていた。傷だらけではあるがれっきとした銀の杯にエールが満たされ、トマスの前に置かれる。喉に詰まったパンを流し込むためにそれを口にしたトマスは、そのエールが上出来であることに驚かされた。実際、彼の家で供されるエールよりうまい。ここが森の中で、王の鹿を狩る無法者たちと一緒にいることが信じられないくらいだ。

腹がくちくなる頃には、トマスも、男たちの飛ばす冗談に笑い声を上げていた。注《つ》がれるままに流し込んだエールのお陰で、大分酔いも回った。いい気分だ。

しかしそれも、レイフがこう言い出すまでのことだった。

「さてお客人、そろそろ勘定を払ってもらおうか」

「え？」

ぽかんとして、トマスは金髪の若者を見やった。レイフはさも無邪気そうな笑みを浮かべている。

「飯を食ったからには、代金を払うのが筋ってもんだろう？」

トマスは助けを求め、思わずニコラスに目を向けた。しかしニコラスにその気がないのは、一目見れば明らかだった。ゆっくりとエールを飲みながら、彼はトマスを観察している。

これが無法者たちのやり方なのだと、トマスはようやく悟った。食事の代価を払わせるという名目で、彼らは強盗を働くのだ。

「金はない」

正直にトマスは答えた。

「文無しになったから、鹿を狩ろうとしてたんだ」

「へえ」

レイフが鼻で笑った。トマスの頭越しに、ジョンへ合図を送る。ジョンが立ち上がると同時に、トマスの身体は浮き上がった。ジョンが背後から彼を羽交い絞めにして、持ち上げたのだ。

スリとしても十分にやっていけるであろう素早さで、レイフがトマスの財布を掴む。トマスは抵抗しなかった。財布の軽さにレイフが顔をしかめ、そして中を覗《のぞ》く。

「本当に持ってない」

その口調にはしかし、腹立たしげなところはない。むしろ面白がっているようだ。

「少なくとも、財布の中にはな」

「別のところに金を隠していないか、調べさせてもらっても構わないだろうな？」

ニコラスが穏やかに問いかける。トマスはうなずいた。不思議と、恐ろしくはなかった。ニコラスの茶色の目が相変わらず優しかったからでもあり、自分を捕まえているジョンの手に、必要以上の力が籠っていなかったからでもある。

「どこでも調べればいい。もしかしたらどこかに一ペニーくらい紛れ込んでるかもしれないから」

全員が見守る前で、トマスはレイフとウィル・スケイズロックによる身体検査を受けた。二人とも、他人の服を剝いで金を探すことに慣れているらしい。作業は短時間で終わり、金と呼べそうなものは何も持っていないことが確認された。

服を調べられている間、トマスは、これから裸のまま殺され、森のどこかに捨てられる可能性について考えていた。だがそれはなさそうだ。もし無法者たちが最初から彼を殺すつもりだったのなら、酒や食事を振舞う理由はない。

実際、一旦剝ぎ取られた服は、そのままトマスに返された。ジョンがトマスから手を離し、トマスは服を着直した。

「参ったね。こいつを見ろよ」

レイフがそう嘆じた。仲間たちに向かって、トマスがいかに裕福そうな身なりをしているかを、改めて示してみせる。

「これは、固い稼ぎだと思ったんだけどな」

おどけた物言いに、男たちの笑い声が返った。

「非礼は幾重にもお詫《わ》びしよう」

ニコラスが愛想よく微笑しながらトマスに告げる。

「君が正直者だということが判って嬉しく思うよ。では、お引き取り願おうか」

当惑して、トマスは相手を見返した。

「でも……」

しかしニコラスは構わず続ける。

「もう家に帰るがいい。道が判らないのなら、街道まで誰かに送らせよう。路銀が必要なら用意する」

「腹は膨れただろう？　だったらもう失せろってことだよ」

レイフがあっさりと突き放す。

「金のない奴からは取らないのが俺たちの信条でね。いいから家に帰んな、トム。いい服を着せてくれる身内がいるんだろう?」

「そしてもう二度と、王の鹿を食おうなどとは考えない方がいいな」

後ろからジョンが諭す。ウィルが自分の弓を取り上げた。

「俺が送って行ってやるよ。腹ごなしに」

つい先刻までトマスに対して強盗を働こうとしていたとは思えぬ、気安い口調だ。黒髪の若者はレイフより少し年上のようだった。笑みの形は似ているが、金髪の親戚ほど辛辣ではない。

他の面々は、トマスへの関心を失っている様子だった。トマスは彼らにとって、実を結ばなかった獲物であり、それ以上のものではないのだ。

ウィルに片手で促されたが、しかしトマスは動かなかった。

「行くところがない」

トマスのこの訴えは、誰からも本気にされなかった。子供の戯言《たわごと》と受け取られたようだ。ウィルが彼の袖を引く。

「どこへでも行けるさ。立派な二本の足があるんだ」

「でも、帰る家がないんだ」

懇願の視線を、トマスはニコラスへと向けた。ニコラスは仲間たちに何かを命令したりはしないが、ここを取り仕切っているのは彼だという気がしたのだ。周囲にいた者たちも、ニコラスに目を向けてその返事を待っている。

ニコラスは座ったまま、じっとトマスを見つめた。

「今は文無しだとしても、つい最近まで、君はいい暮らしをしていたはずだ」

「……」

トマスは答えに詰まったが、ニコラスは淡々と続けた。

「その身なりは、そんじょそこらの農民のものじゃない。振舞いも、農民や使用人というより騎士のようだな。君は騎士階級の家に生まれ、何不自由なく育てられた。違うか？　何故《なぜ》、家に帰れないんだ？」

ニコラスの推測は的を射ている。トマスは一瞬、全てを打ち明けてしまいたいという誘惑に駆られた。だが周囲を見回し、言葉を飲み込む。彼の抱えている問題は、彼と家族のものだ。名誉にかけて、彼はそれを守り通さなければならない。

無法者たちに取り囲まれ、興味津々に観察されて、トマスは居心地悪く身じろいだ。

「――事情があって……」

ようやく、彼はそう口を切った。

「家に帰るわけにいかないんだ」

この返答は、聴衆を満足させるものではなかった。

「何だよ！」

「勿体《もったい》つけやがって！」

「誰かを殺して逃げてきたのか⁉」

一斉に野次が浴びせられる。それらが収まるまで、トマスは拳《こぶし》を握り締めたまま黙って耐えた。ニコラスがその様をじっと見つめている。

「――どうなんだ？」

声が途絶えたところで、トマスに尋ねる。トマスはかぶりを振った。

「悪いことは……していない」

「王の鹿を食ったこと以外はな」

レイフが皮肉な口調で割り込む。

「家に帰らずに、どうしようっていうんだ。ここで暮らすのか？」

もちろんレイフは、本気で言ったわけではなかっただろう。だがその選択肢は、トマスに希望を与えた。閉ざされていた未来に、突然光が差し込んだのだ。

「うん、ここで暮らしたい」

トマスの言葉に、無法者たちは静まり返った。

呆れたように天を仰ぐ者もいれば、隣の仲間と顔を見合わせる者もいる。図らずも提案者となってしまったレイフは、初めて本気で興味をそそられたような眼差しで、トマスを見やった。

「本当に、他に行く場所がないのであれば」

ニコラスが口を開いた。トマスが熱心にうなずくのを認め、続ける。

「君を、我らが家に迎えよう。家族として」

家族という言葉が、トマスの胸をちくりと刺した。そしてニコラスは、トマスがたじろいだのを見て取ったようだった。ゆっくりと言葉を継ぐ。

「だが、家族の一員となれば、君は我々のために働かなければならない。それができるか？」

一呼吸分、トマスは考え込んだ。

「――つまり、今みたいなこと？　強盗？」

「もしそれが得意ならな」

ニコラスは微笑した。

「他にも仕事は幾らでもある。肝心なのは、ここで暮らし、我々と同じものを食べる者に、法の庇護《ひご》は届かないということだ。君が路傍で誰かに殺されたとしても、無法者の死体としてそのまま打ち捨てられ、殺人者が罪を問われることはない。そしてもし逮捕されれば、君は強盗の一味として裁かれることになる。たとえ、実際には強盗を働いていなくてもな」

「言っておくが、ノッティンガムの役人は、俺たちのことが嫌いだぜ」

にやにやしながらレイフが言い添える。それは恐らく、真実だろう。しかしレイフも仲間たちも、それをまったく気にしていないようだ。

自分が無法者たちの仲間入りをしたと知れば、父は嘆くだろうと、トマスは思った。しかし父がそれを知ることはない。何故なら自分はもう二度と、家には帰らないからだ。

一年前だったら、十字軍に加わってエルサレムに行くことを考えただろう。だが去年、エルサレムで休戦協定が結ばれ、戦争は終わった。そしてトマスには、他に行く場所が思いつかない。ここで仲間に加えてもらうか、道端で野垂れ死にするか、どちらかしか道がないのだ。

父親はよく苦笑交じりに、トマスは強情っぱりだと言っていた。確かに父の言うとおりだった。そして今こそ、それを証明すべきときだ。

「ここで働くよ」

真っ直《ます》ぐにニコラスの目を見つめて、トマスは宣言した。

❇❇❇

トマスが最初に仲良くなったのは、皆からマッチと呼ばれている少年だった。くしゃくしゃした赤毛で、身体は小さく華奢《きゃしゃ》だが、トマスとは同い年だという。トマスに自分のことを語る気がないのを知ると、要領よくその話題を避け、その代わりに森の仲間たちについて教えてくれた。トマスが半日で彼ら全員の名前を覚えることができたのは、ひとえにマッチの辛抱強い教育の賜物《たまもの》だった。

「もう一人、アランていうのがいる」

マッチはそう付け加えた。

「今はノッティンガムの町に行ってる。というか、アランはしょっちゅう町に行ってる。町に好きな女がいるんだろうってレイフたちは言うけど、アランはそうだとも違うとも言わないな」

マッチによれば、アランもまたトマス同様新入りで、この森に住むようになってまだ三ヶ月ほどなのだという。その次にここでの暮らしが短いのがニコラスだと教えられて、トマスは心底から驚いた。ニコラスこそが、ここに住む無法者たちの頂点に立ち、彼らを束ねている人物なのだと信じて疑わなかったのだ。

「ニコラスが来たのは——一年くらい前かな」

マッチは頭の中で記憶をさかのぼりながら言った。

「そう、去年の三月か四月くらい。森の中で倒れてたのをリトル・ジョンが見つけたんだ」

トマスを捕まえた巨漢がリトル・ジョンと呼ばれていることは、トマスもすでに教えてもらっていた。ジョンという名の男は三人おり、それぞれを区別するためにあだ名が付けられているのだが、仲間内で最も大きな男にリトルの名が与えられた。もちろん最初はただの冗談だったのだが、時間が経《た》つうちにそれが定着したのだ。

「そのときニコラスは塞ぎ込んでて、このまま死にたいとか、修道院に入りたいとか、そんなことをぶつぶつ言ってたんだ。でもリトル・ジョンが何日かうまい飯を食わせて面倒を見てやってたら、ある朝、跪《ひざまず》いてお祈りを始めた。俺にはよく判らなかったけど、朝の目覚めの祈りをラテン語で唱えてたんだって。それで、リトル・ジョンはすっかり感心しちまったんだ。前から、俺たちにも神への祈りが必要だって言ってたから」

以来ニコラスはここに住み着き、祈りによって、無法者たちに心の平安をもたらしているのだという。

「前は、修道士か何かだったらしいよ」

マッチの意味ありげな口調は、ニコラスが戒律を冒すような何かをしでかし、修道院から追放されたのではないかという疑いを示唆していた。だが詳しいことは誰も知らないらしい。ここに住む人々にはそれぞれ公にできない過去があり、互いにそれをほじくり返さないことが暗黙の了解になっているようだった。トマスもそのお陰で、自分のことについて打ち明けずに済んでいる。

薪を集めること、川から水を汲《く》んでくること、火の番をすることが、トマスに課せられた最初の仕事だった。マッチは働き者だ。骨惜しみせずに動く。彼にあれこれと指図されながら、トマスもそれを見習った。水汲みも薪拾いも、彼にとっては慣れない仕事だったが、マッチの止め処《ど》ないお喋《しゃべ》りは楽しく、数日ぶりに満腹するまで食べた後の労働は、むしろ心地よかった。

何より、彼はここから追い出されるわけにはいかなかったのだ。

「新入りは熱心に働いてるな」

誰かがそう言っているのが、トマスの耳にも入る。別の男が答える。

「どこからか逃げてきたんだろう。人妻を寝盗《ねと》ったか、それとも誰かを殺したか」

そのどちらも真実ではなかったが、ともあれ、男の声に非難の響きはなかった。過去にどんな罪を犯《おか》していようと、この森では不問に付される。彼らは共に祈り、働き、遊び、食事を摂《と》り、そして眠る。トマスが属していた家族とはまた違うが、彼らは強固な絆《きずな》で結ばれた共同体だった。それは、加わったばかりのトマスにも判った。

「イエスは私たちのために命を捨てられた」

その夜の祈りで、ニコラスは聖書の一部を誰にでも理解できるよう英語に直して引用した。

「そのことによって、我々は愛を知った。我々も、兄弟のために命を捨てるべきなのだ。世の富を持ちながら、兄弟が必要なものに事欠くのを見て同情しない者があれば、どうして神が、そのような者の内に留まるだろう……」

森に住む男たちの胸に、ニコラスの言葉は熱く染み込んでいるようだった。暗い森の中、焚火の黄金の炎が男たちの生真面目な顔を照らし出す。聞こえてくるのはフクロウの鳴き声、薪の爆《は》ぜる微かな音、そしてニコラスの朗々と響く声だけだ。それは厳粛で、美しい光景だった。彼らの中に混じり、ニコラスの声を聞きながら祈りを捧げていると、トマスもまた、自分も生まれたときから彼らの兄弟だったような錯覚に陥った。そしてこの世に、他のものは何も存在しないような気すらするのだ。

だが結局それは一時の高揚に過ぎなかった。

夜が更け、マッチの指導のもとに作り上げたシダの寝床の上に横たわっていると、トマスの脳裏に、残してきた家族の姿が浮かんだ。くたくたに疲れているはずだというのに、寝付けない。

ここ数日、彼は一人きりで、寒さに震えながら夜を過ごした。今は足元で燃えている焚火の温かさと、周りから聞こえる幾つもの平和ないびきがある。だがそれらもトマスの心を慰めなかった。目を閉じると、父の悲しげな顔が見える。そして幼い弟の顔も。

隣で寝息を立てているマッチの眠りを妨げぬように、トマスはそっと立ち上がった。焚火に背を向け、足音を忍ばせて歩き出す。

遠くへは行かなかった。戻れる自信がなかったのだ。焚火の光が見えている場所で止まり、深く息を吸い込む。冷たく湿った森の空気が肺を満たす。昼間には気付かなかった、さわやかな緑の香りが鼻腔《びこう》をくすぐる。昼間水を汲んだ小川がすぐ側に流れていることが、せせらぎの微かな音で判った。

「眠れないのか」

突然そう声を掛けられ、トマスは飛び上がった。

傍らの木の幹が二つに分かれた。そのうちの一つが、人の姿となってトマスに向き合う。わずかな明かりに、ニコラスの顔が辛うじて見て取れた。

「……あなたこそ」

トマスは何とか、かすれた声を押し出した。若者の不意を衝《つ》いたことを、ニコラスは面白がったようだった。穏やかな目が笑っている。

「抱えているものの大きさが見えないと、人は安眠から遠ざかる」

謎めいた言い回しに、トマスは困惑した。ニコラスは夜の闇を透かすようにして、トマスの顔を見つめている。

「眠れないのは、何か心に引っかかっていることがあるからだ。それが心を蝕《むしば》んで苦しみを生む。そうだろう?」

口を噤《つぐ》んだまま、トマスはうなずいた。ニコラスが片手を振る。

「この森にいる限り、真に安らかな眠りが訪れることはない」

「ここにいるみんな?」

「そうだ」

「みんなよく寝てたみたいだけど……」

「一人一人を観察すれば判るよ、トマス。悪夢にうなされる者、何度も寝返りを打つ者、夜中に目を覚まして徘徊《はいかい》する者、色々いる」

「……」

「跪いて、聖母マリアへの祈りを十回唱えなさい」

司祭のような口ぶりで、ニコラスは言った。

「それから、大地に身体を預けるんだ」

トマスの肩を軽く叩いて、ニコラスは仲間たちのほうへと戻って行った。

トマスはその後ろ姿を見送った。それから言われた通りに跪く。大きく息を吸い、吐き出して、彼は聖母に祈りを捧げた。

再びマッチの隣に身を横たえると、優しい眠りが訪れた。

❋❋❋

三日目、トマスは志願して鹿狩りに参加した。

共に狩りに出るのは、トマスが最初に出会った四人だ。ニコラスとレイフが、仲間の間では一番の射手なのだという。猟犬は使わない。彼らは協力し合って獲物を追い立てるのだ。

トマスは弓矢を携え、ウィル・スケイズロックに連れられて新緑の森を歩いた。短い打ち合わせのあと、他の三人は別々の方向へ向かっている。今は、互いの姿を見ることもできなくなっていた。湿った土や生い茂る草の中を、ウィルは易々《やすやす》と大股に歩いて行く。トマスはついて行くので精一杯だった。

「誰がどこにいるのか判るのか？」

深い森の中で道に迷っているような心地になって、トマスはウィルの背中に尋ねた。ウィルが肩越しに新入りを振り返る。

「大丈夫だって。ほら」

巧みな口笛で、彼は小鳥の鳴き声を真似てみせた。どこからか、それに応えるさえずりが聞こえてくる。

「あれはジョンだ」

そしてそのさえずりを掻き消すように、別の鳴き声が割って入る。

「今のは？」

困惑して、トマスは頭上を見上げた。声がそちらから聞こえたように思えたのだ。ウィルも木の梢《こずえ》へ視線を投げる。

「あれは、本物の鳥だよ。俺たちが縄張りを荒らしに来たと思って、怒ってる」

軋《きし》るような甲高い音が、森の奥から聞こえた。

トマスにはそれが、鳥の声か、それとも誰かの合図なのか判別できなかった。だがウィルは聞き分けた。まるで空気の匂いを嗅いでいるかのように首を伸ばす。

「すぐに弓を引けるようにしておけ」

ウィルはそう、トマスに命じた。にやりと笑って付け加える。

「本当に、弓の引き方を知ってるならな」

そして彼は、素早く移動を始めた。右手に矢を一本握り締めて、トマスはその後を追った。ウィルを見失わずに矢を構えるのは無理だと思い焦ったが、幸い、ウィルはしばらく進んだところで足を止めた。

トマスは弓に矢をつがえた。鳥の声が聞こえる。もう一度、別の場所からも。ウィルが応えて口笛を吹き鳴らす。頭上のどこかでも鳥が鳴いている。

鳴き交わされる声に耳を澄ませていたウィルが、トマスに注意を向けた。

「こっちに来る」

息だけで囁《ささや》き、木の陰に身を隠す。トマスもそれに倣った。目を凝らし、耳を澄ませる。

木々の間に、動物の影が見えた。追い立てられた様子の若い牡鹿が、小刻みに向きを変えながらこちらのほうへ突っ込んで来る。

これは、彼がかつて慣れ親しんだ狩りとはまるで違っていた。馬もなければ猟犬もおらず、角笛の音も、勢子《せこ》の掛け声もない。いつもと同じものはと言えばただ、自分の手に馴染《なじ》んだ弓矢だけだ。

だが、まごまごしている暇はなかった。鹿はもうすぐそこにいる。あと数秒で、彼らの脇を走り抜けて行ってしまう。

トマスは弓を引き絞り、狙いを定めた。緊張から生じる手のぶれを、意志の力で押えつける。絶好の瞬間を、彼はそのとき本能で嗅ぎつけた。今だ。

彼は矢を放った。

唸りを上げて空を切った矢は、真っ直ぐに鹿の胸へ突き刺さった。鹿が数歩よろめき、そしてどさりと地面に倒れる。反動に震える弓に、トマスは素早く次の矢をつがえた。鹿が再び起き上がり、走り出すかもしれない。

しかし、鹿は動かなかった。

「いいぞ！」

ウィルが歓声を上げて、トマスの肩をどやしつける。

森の奥、鹿が出てきた方角から、男の影が現れた。弓を手に、木々の間をゆったりとこちらへ歩いてくる。恐らくレイフだ。

「うまいじゃないか、トム。見直したぜ」

ところが横合いからいきなりそのレイフの声が聞こえて、トマスは驚いて顔を振り向けた。レイフはそちらの方角にいたのだ。ウィルとトマスの脇をすり抜けて、獲物を見に行く。向こうから近付いてきたのは、レイフではなくニコラスだった。

レイフとニコラスが揃《そろ》って牡鹿の上に屈み込むと、その瞬間、二人は双子の兄弟のようにも見えた。体格や身のこなしがよく似ているのだ。二人ともすらりとした細身で、動きには隙がなく、優雅ですらある。

別の方角から、これは見間違えようのないジョンがやってきた。ウィルとトマスも木陰から抜け出して、仕留めた鹿を見下ろした。

「おやおや、これはトムの矢だな」

ジョンが鹿から矢を引き抜いて、トマスに渡してくれる。ニコラスがうなずく。

「一発で仕留めたな。いい腕だ」

トマスは獲物を眺めた。父親に褒められたかのように誇らしい気持ちが湧き上がる。

「弓のほうが得意なんだ——剣よりも」

剣の師匠はそれを嘆いたものだったが、トマスには、遠くの的を正確に射抜く競技のほうが面白かった。弓技では、同年代の若者に負けたことがない。

「これでおまえも、本物の悪党だな」

レイフがにこやかにそう告げる。恐らくトマスを怯えさせてからかうのが目的だったその言葉は、トマスから、彼自身、思ってもみなかった反応を引き出した。

胸の内で、喜びの種が弾《はじ》けたのだ。

「うん、そうだね」

トマスは思わず笑い声を上げていた。

「これで僕も本当に、君たちの仲間だ」

彼はもはや、家を離れて不安に戦《おのの》いていた子供ではない。弓の腕前を証明し、晴れてシャーウッドの森の無法者になったのだ。

それは、胸の躍るような感覚だった。

レイフは呆れたように肩をすくめた。それから唇の端で笑い、トマスに目くばせを寄越す。彼がトマスに対して友達のように親しげに振舞ったのは、それが初めてのことだった。

彼らは仲間たちの元へ、新しい獲物を持ち帰った。

早速、数人がかりでの鹿の解体が始まる。皮が丁寧に剝がれ、肉が切り分けられていく様子を、トマスはジョンの隣で見守っていた。それが自分の手柄である以上、最後まで見ていたかったのだ。

突然、何者かが後ろからトマスの肩を叩いた。

「よお、ニコラス！」

トマスは驚いて振り返った。だが人違いをした男は、トマス以上に驚いたようだった。

「失礼、人違いだ。君は誰だ？」

目を丸くして、トマスの顔を覗き込む。ジョンが苦笑した。

「これはトマスだ。おまえがいなくなっている間に仲間になった。弓の腕前はなかなかのものだ。今日の鹿は、こいつの獲物だ」

「へえ、そいつはいい」

男は快活な笑みを浮かべた。白い歯がこぼれる。

「僕はアランだ。よろしくな」

アランは二十歳前後の若者で、黒い髪と浅黒い肌、そして大きな黒い目の持ち主だった。森に住む仲間としては珍しく、髭をきれいに剃《そ》っている。フランス人の血を引いているのは確かだとトマスは思ったが、少なくとも、言葉に訛《なま》りはない。

アランは愛想よく続けた。

「ゆっくりと狩りの話を聞きたいのは山々だが、今はちょっと時間がない。諸君！」

アランが声を張り上げると、無法者たちが一斉に彼のほうへ顔を向ける。アランは身軽に倒木へ飛び乗った。

「ここに戻って来る途中、僕は二人の男を追い越してきた。二人とも身なりがよく、いい馬に乗って、鞍袋《くらぶくろ》はいかにもうまそうに膨らんでた。どうだ?」

歓声が上がった。男たちの半数ほどがやりかけの仕事を放り出し、それぞれの武器を手に立ち上がる。

トマスも張り切って弓を取った。今日は仲間たちのために初めての獲物を仕留めた。この勢いで、初めての強盗も成功させるのだ。

「あんまり調子に乗るんじゃない」

まるでトマスの心を読んだかのように、ジョンがそう釘をさす。

「おまえはここで料理を手伝っていたほうがいい」

「そうだよ、トム」

マッチが足元から言い添える。彼は鹿の皮を慎重な手つきで剝いでいるところだ。

「馬に乗った連中を相手にするときには、危ない目に遭《あ》うことだってある。それに、こっちにも手は必要だぜ」

「馬なら僕も扱える」

トマスは急いでそう訴えた。

「頼むよ、邪魔はしないから」

「行きたいんなら、行かせてやればいいじゃないか」

彼の味方をしたのは、レイフだった。自分の矢の具合を確かめながら、金髪の若者はジョンへ顎をしゃくってみせる。

「ぐずぐずしてると、獲物が逃げちまう」

「トムは俺が見てるよ」

従兄弟が焦《じ》れているのを察して、ウィルがそう申し出る。

「浮足立って馬鹿なことをしないように」

ジョンは素早くニコラスに目を向けた。ニコラスがうなずいてみせる。彼もまた、自分の弓を準備している。

アランの案内で、襲撃隊は森の中を急いだ。

「俺たちは客の行く手を塞ぐために行くんだ」

客、という言い回しを強調しながら、ウィルがトマスにそう説明する。

「武器はただの飾りだ。少なくとも、客がこっちを殺そうとしない限りな。俺たちは別に、人殺しをしようってわけじゃない」

トマスは真面目にうなずいた。それはすでに、彼自身が身をもって学んだことだ。ウィルが続ける。

「話はニコラスたちがする。余計な真似はするなよ、いいな?」

「判った」

たとえただの頭数だとしても、トマスは満足だった。彼は仲間から認められて、この仕事に参加するのだ。

興奮に目を輝かせているトマスに、ウィルは唇だけで笑った。トマスのフードを摑み、目深に引き下げさせる。

道案内をしていたアランが立ち止った。黙って前方を指す。騎馬の男が二人、森の中を並足で進んでいるのが見える。アランの言った通り裕福そうだと、トマスは考えた。だがもちろん、自分がそうであったように、この二人もまた文無しである可能性はある。

無法者たちは分散し、手際良く獲物を囲んだ。次第にその輪を縮めて行く。トマスはウィルと共に、騎馬の男たちの横手へ回った。鹿狩りのときとは違い、誰も姿を隠そうとはしなかったが、二人の男たちにとっては生憎《あいにく》なことに、彼らは鹿ほど鋭敏な感覚を持ち合わせてはいない。

ニコラスとジョンが行く手を塞いで初めて、騎馬の男たちは驚いたように手綱を引いた。逃げ場を探すように馬上から周囲を見回したが、武装した男たちが獲物の退路を完全に断っている。

「旅の方に神の祝福があらんことを」

ニコラスが馬上の二人に、温かく声を掛ける。横合いから観察していたトマスは、彼らの客が、主人と従者であることを見て取った。腹の突き出た大柄な男は不機嫌にニコラスを見下ろしているが、その痩せた従者は、不安げに主人の出方を窺っている。

「――ありがとう」

渋々と、太った男は挨拶に応じた。

「君たちにも神の祝福があらんことを。では、そこを通らせてもらうよ。我々は急いでいるんでね」

だがもちろん、無法者たちは誰も動こうとしない。太った男は一瞬、馬の腹を蹴って強引に無法者たちの間を駆け抜けるべきか否か、迷ったように見えた。ジョンの後方にいたレイフが、芝居がかったこれ見よがしな動作で自分の弓に矢をつがえ、意味ありげな横眼づかいで、馬上の男を見やる。

それを目にして、男は向こう見ずな試みを捨てた。苦り切った顔で手綱を握り締める。

「我々はこの近くに、居心地のいい休憩所を持っていてね」

馬上の男の表情になどまるで気付いていない素振りで、ニコラスは話を続けた。

「あなた方を、ささやかな昼食の席に招待したいと考えている」

「いや結構だ、さっきも言ったが、急いでいるんだ」

この上なく不利な状況だというのに、太った男はにべもなく拒否した。勇気があることだけは認めなければならないと、トマスは考えた。

「そう時間は取らせないと約束しよう」

ジョンが素早く、その馬の轡《くつわ》を摑む。

「ほら、おまえさんの馬も休ませてやらんとな」

男は歯ぎしりしたが、もう手遅れだった。ジョンのような男に自分の乗馬を捕まえられてしまったら、もうそれ以上抗うことはできない。腰に吊るした剣を抜けば、ジョンの髪の一筋くらいは切り取れるかもしれなかったが、彼はそれを実行に移すほど愚かではなかった。

従者の馬の轡を取ったのはアランだった。武装した無法者たちに囲まれ、生きた心地もしないといった顔の従者に、明るい笑顔を向ける。

「大丈夫、心配することは一つもないよ。誰も、君に痛い思いをさせたりはしない。それどころか、うまい料理と、うまい酒を御馳走《ごちそう》しようっていうんだ」

「何のために？」

痩せた従者の声は、見た目から想像されるとおりに甲高く響いた。

「俺なんかに飯を食わせて、あんたたちに何の得がある？」

「我々はただ、楽しい時を過ごそうと思っているだけさ」

アランの返事には屈託がない。

「客を迎えれば、食卓は賑《にぎ》やかになる。うまいものを食べれば、話も弾む。我々が望んでいるのはそれだよ」

従者は疑わしげな眼差しをアランに向けたが、アランから返ってきたのはいかにも正直そうな微笑だけだ。

一行はぞろぞろと、仲間たちの待つ場所へと戻った。

客をもてなす準備は、すでにあらかた終わっていた。肉の焼ける香ばしい匂いは、離れた場所からも間違えようがない。

迎えに出てきたマッチが、得意げににやにやしながら、それを示してみせた。

「このお客さんには、ワインがいいかな？」

赤毛の少年は、リトル・ジョンの囚人を見上げた。

「それとも、エールがお好きかな？」

「両方持ってこい」

レイフが命じる。

「どちらでも、お客が好きなほうを選べるようにな」

太った主人と痩せた従者は、無理矢理、だが丁重に、鞍から下ろされた。トマスはマッチと共に、その馬を繋《つな》ぐ役目を言いつかった。馬たちのほうは見たところ、主《あるじ》の苦境を何とも思っていないようだ。繋がれた場所で、大人しく草を食み始める。

若者二人は馬の身体を少しばかり擦《こす》ってやり、それから食前の祈りに参加した。太った客は焚火の前に座り、しかめ面で火の中を睨《にら》んでいる。だが従者のほうは食欲を取り戻しつつあるようだ。主人の隣で縮こまりながらも、焼き上がりつつある肉に、物欲しげな眼差しを注いでいる。おまけに今日は、アランが町で買ってきたばかりの新しいパンがある。

料理と酒が配られ、それらを一通り味わい尽くす頃には、客たちも大分気分がほぐれたようだった。痩せた従者は、無法者たちの冗談に笑い声さえ上げた。主人のほうはそれほど寛《くつろ》いでいるわけではないが、気前よく注がれるワインに顔を赤くしている。

トマスもワインの相伴にあずかった。これは、客が来たときに振舞われる上等のワインなのだ。父の家にいたときでさえ、こんな素晴らしいワインを味わったことはない。マッチはトマスの横で、明らかに飲み過ぎていた。足を投げ出して座り、女の子のようにくすくす笑い続けている。

やがて、太った客がよろめきながら立ち上がった。

「すっかり遅くなってしまった。我々はそろそろ失礼するよ」

その瞬間、従者が不服そうな顔になったのを見て、トマスは思わずにんまりした。従者のほうはどようとした。

「そうか。それではこれ以上引き留めはしない。食事代を支払ってもらったら、元の道までお送りしよう」

「……」

太った男は、赤かった顔をさらに赤くしてニコラスを睨んだ。

「食事代だと？　下らん、強盗どもめが！」

「人聞きの悪い」

ニコラスが微笑する。リトル・ジョンが立ち上がり、客の丸い肩に手を置いた。

「あんたは我々の食べ物を食べ、酒を飲んだ。あんたのような身分の方が、下々の家で食事をしたとなれば、代金を払うのが当然だろう」

客はそれを振り払った。

「金などない」

「ないはずがない」

脂の付いた指を舐《な》めながら、レイフがそう断言する。焚火を挟んだ向かい側から、意地の悪い視線を男に向ける。

「幾ら持ってる？」

従者がおどおどした目で主人を見たが、主人のほうはたじろぎもしない。強情に言い募る。

「ないと言ったらない」

レイフとウィルが同時に立ち上がった。ジョンが太った男を押さえると、レイフが素早く腰の財布を奪った。男は暴れ始めたが、ジョンは万力のような手で男の肩を摑んでいる。

金髪のレイフとその従兄弟は、財布を逆さに振って中身を自分たちの掌《てのひら》に落とした。硬貨を素早く選《え》り分ける。

「二十六ポンドと八シリング」

ウィルが仲間たちに告げる。

「それはおかしい」

ニコラスが片眉を上げてみせる。

「その方は、金は持たぬ主義だそうだ。きっと、何かの弾みで紛れ込んだのだろう。本当の持ち主が現れるまで、こちらでお預かりしよう」

レイフが大きな口で太った男に笑い掛けた。客の顔は、怒りと恥辱にどす黒く染まっている。

同時に別の数人が、従者の財布を調べていた。だがこちらは、見るからに見込みの薄そうな財布だ。

「五シリング」

この報告にニコラスがうなずく。従者の財布は、そのまま持ち主に返された。大事そうに財布を受け取った従者がちらりと馬のほうへ視線を投げたのに、トマスは気付いた。

ニコラスもまた、それを見逃さなかった。トマスへ目顔で合図する。

「馬をここに連れて来てくれ」

トマスはすぐさま指示に従った。マッチは立ち上がれなかったが、トマスは馬たちに小声で話しかけながら、二頭を同時に扱うことに成功した。馬たちは手綱を引かれると、抵抗もせずトマスの後についてきた。

レイフとウィルが、それぞれの馬の背に括《くく》りつけられていた荷物を解《ほど》きにかかる。馬の手綱を掴んだまま、トマスもその様子を間近に覗き込んだ。

鞍に付けられていた金袋に、金貨が詰まっていた。

トマスは思わず生唾を飲み込んだ。こんなにもたくさんの金貨が積み重なっているのを見るのは、生まれて初めてのことだ。

レイフが笑い声を立てた。従兄弟と顔を見合わせる。ウィルの顔にも、従兄弟と同じ笑みが浮かんでいる。

「二百ポンドはありそうだ」

ウィルの宣言に、無法者たちの間から歓声が上がった。

「それは、大司教猊下《げいか》の金だ！」

太った男は怒りに震える声で喚《わめ》いた。

「手を触れるな！　ヨーク大聖堂の荘園の金だぞ！　大聖堂に納めなければならんのだ！」

「なるほど、ではこれは、主の御心によって我らにもたらされた金だということだ。主よ、あなたは何と寛大なのでしょう」

ゆったりと座ったまま、ニコラスは穏やかにそう言った。

「だがもちろん、大聖堂にも金を納めないわけにはいかないな。我々は百ポンドだけで我慢するとしよう」

「我慢⁉　我慢だと⁉」

太った男は暴れ出した。リトル・ジョンの手から飛び出しそうになったところを、側にいた数人が手を貸して押さえつける。だが、男は黙らない。

「この図々しい盗人《ぬすっと》どもが！　教会の金を盗むなど、おまえたちは全員地獄に落ちるぞ！　こんなことをして、ただで済むとでも思っているのか……」

彼が延々と悪態をつき、脅し文句を並べている間に、レイフとウィルが袋から百枚の金貨を数えながら取り出した。トマスは魅入られたようにそれを見つめていた。これが現実の出来事だというのが信じられない。太った男がどんなに恐ろしい台詞《せりふ》を吐き散らそうとも、恐ろしさは微塵《みじん》も感じなかった。仲間たちも皆、平然とそれを聞き流している。

金袋が元通り口を閉じられ、鞍に括りつけられるに至って、男はようやく静かになった。息が続かなくなったのだ。従者のほうは、今にも気絶しそうな顔で座り込んだままだ。

無法者たちは二人の客を鞍の上に押し上げる仕事に取り掛かった。

太った男が馬に跨《また》がろうと足掻いている間、トマスはその鐙《あぶみ》を支えてやった。持ち主の煮えたぎるような怒りが伝わったか、馬は落ち着きを失くしている。

馬が動いた弾みで、男の身体が大きく傾いた。支えを失った足がばたつき、トマスの胸を蹴りつける。トマスは後ろ向きに吹っ飛ばされ、草の上に尻餅をついた。

顔の半分を覆っていたフードが、頭が傾いた拍子に背中へ外れた。

太った男はトマスを見た。もちろん、すまないなどと思っているはずもない、険悪な眼差しだ。トマスも、相手の目をまともに見返した。それから慌ててフードを引き下げる。

「さあ行こうか、お客人」

ニコラスが男の馬の轡を掴み、ぐるりと向きを変えさせた。ジョンが護衛のようにその脇につく。従者の馬の轡を摑んだのはアランだ。

「なあ、僕の言ったとおりだっただろう?」

声を潜めて痩せた従者に話し掛ける声が、トマスの耳にも微かに届いた。

「誰もあんたを傷つけやしなかっただろう?　な?」

従者の返事は聞こえなかった。

それほど酔いの回っていない五人ほどが、腹ごなしがてら客を送るために立ち上がった。二人の不機嫌な客は、森の木々の間に消えていく。

マッチが這《は》いずるようにして、座り込んだままのトマスの横へやってきた。

「大丈夫か?　痛い?」

トマスの胸を指しながら、不明瞭に問いかける。トマスは頭を巡らせて赤毛の少年を見やった。

「いや——ちょっとびっくりしただけだ」

打撲自体は怪我《けが》というほどの怪我ではない。顔を見られたことのほうに気を取られて、蹴られたことは忘れていたのだ。

それを告げると、マッチは酔った人間特有の気楽さでかぶりを振った。

「別にそんなのどうってことない。森は広いし、俺たちはいつだって逃げられる。あいつらは、自分たちがどこにいたのかも判らないよ」

それも一理あると、トマスはうなずいた。実際彼自身、自分が森のどの辺りにいるのかを知らなかったのだ。

客を送りに出なかったレイフが、金貨をもう一度数え始めた。この金は革袋に収め、他の収穫物と共に、秘密の洞窟にしまい込まれるのだという。

「一緒に行ってみるか、トム？」

レイフにそう誘われ、トマスは金貨の袋を抱いて、その洞窟までついて行くことになった。レイフとウィルを始め、何人かが同行する。皆、自分たちの収穫物を眺めるのが好きなのだ。

彼らの宝物庫は、崖に自然が刻んだ狭い亀裂だった。

大きな樫《かし》と垂れ下がる蔦《つた》で、入口は巧みに隠されている。レイフが蔦を掻き分けるまで、トマスはそこに何かがあるなどとは思いもよらなかった。

人一人がようやく通れる幅の洞窟には、頑丈な箱や袋が積まれている。

今日の稼ぎも、そこに加えられた。薄暗い洞窟の中を、トマスは目を凝らして透かし見た。

「これ、全部に金貨が詰まってるのか？」

「そういうわけじゃない」

一人が手近な箱を開けてみせた。中の包みをほどくと、新しい剣と鎖帷子《くさりかたびら》が収められている。別の箱には衣類が詰まっていた。中には華やかな女物の服まである。

「森を通る奴らが、いつでも金貨の袋を持っているわけじゃないからな。俺たちは、頂くものに選り好みはしないんだ」

ウィルが紫色のドレスを摘《つ》まみ出してみせた。寸法から見て、かなりふくよかな女性のために仕立てられたらしい。

「だけどこいつは、俺にはちょっと大きすぎるよな」

トマスは仲間たちと一緒に笑った。そしてヨーク大司教配下の男たちについては、それ以上気にするのをやめた。

❇❇❇

数日は、何事もなく過ぎた。

アランはリュートが弾ける。丁寧に布に包まれ、仲間たちの間に置かれていた楽器を、トマスは行き場のない略奪品かと思っていたのだが、実はアランの持ち物だったのだ。

夕食の後の楽しみとして、アランは膝に抱いたリュートの弦を掻き鳴らし、無法者たちは声を合わせて歌った。アランはフランスの歌も数多く知っており、面白可笑《おか》しい翻訳を付け加えながら歌って聞かせ、聴衆を湧かせた。

トマスはそれを素晴らしい特技だと思ったが、アランは彼の賛辞を一笑に付した。

「別に凄《すご》いことなんかじゃない。僕の父はフランス人なんだ」

リュートを爪弾きながら教えてくれる。

「アキテーヌの出でね。フランスの下品な歌や物語を、僕の頭にせっせと詰め込んだ。母はイングランド人だ。それも別に、珍しいことじゃないけどね」

そして顎で、レイフとウィルを指す。

「聞いたところによると、あの二人の先祖は、北の海を渡って来た海賊だという話だ。彼らを見れば納得だろう。それ以外の何がある？」

レイフが悪びれることなくにやりと笑ってみせ、ウィルのほうは小枝を拾ってアランに投げつけた。見ていた者たちから、笑い声が上がる。

「そろそろエールを仕入れないとな」

仲間の一人が、エールの樽を叩きながら言った。

「もうすぐなくなっちまう」

どこか遠くの国から伝わったらしい、耳慣れぬ旋律を弾きながら、アランがそちらに向かってうなずく。

「明日行ってこよう。雨が降らなかったらな」

「僕も行きたい」

トマスはすぐさま立候補した。深い森の中の静かな暮らしに、そろそろ変化が欲しいところだったのだ。

「俺も行くよ」

マッチもそう言い出す。アランはニコラスのほうへ目を向け、異議がないことを確かめた。

「判った、じゃあ明日は三人で出掛けることにしよう」

仕入れるべきものの希望が募られ、翌日、三人は朝食の後ノッティンガムの城下へ出発した。巨木に隠されたねぐらから、陽光のきらめく森の縁に出るまでに、トマスは一度ならず野兎《のうさぎ》の気配を感じた。だが今日は、弓の腕を試すことはできない。弓矢は置いてこなければならなかったのだ。町で長弓を振り回して、目立つわけにはいかない。

暖かな日だった。街道に出る頃には、彼らはうっすらと汗をかいていた。外套のフードを取ると、風が心地よい。時折町へ向かう荷車に追い越されながら、彼らはのんびりとノッティンガム城下へと入った。

トマスにとって、ノッティンガムの町は初めての場所ではない。これまでにも何度か、父と一緒に来たことがある。父の従者として、城の中に入ったこともあった。中庭の射的練習場では、城の者たちに交じって弓の腕比べをしたこともある。

だが彼は、行儀よく振舞わなければならなかった城の中よりも、町の喧騒《けんそう》のほうが好きだった。物売りの呼び声、女たちのお喋り、酔っ払いの悪態、馬の蹄《ひづめ》と荷車の音、そういった活気溢れるざわめきに身を置くのは胸躍る経験だ。布地や焼き物、野菜、肉、酒などが次々に売られ、運ばれていく。主婦たちが品定めに励み、商人は品物を掲げて大勢に見せびらかし、酒場は料理の匂いで客を引きつけようとしている。路地に潜んで通りを窺う巾着切りですら、少年の目を楽しませたものだ。

もっとも、自分自身が巾着切りよりもはるかに重い罪を犯した今では、巾着切りなど取るに足らぬ存在のようにも思われた。彼は仲間と共に、ヨーク大司教とその部下から、まんまと百二十六ポンド八シリングをせしめたのだ。今日の買い物も、その金が支払いに充てられる。

「肥え太った坊主どもの懐に入るより、うまいエールを作る女や、ちゃんとした荷車を貸してくれる農夫の生活の糧になるほうが、金にとっても幸せだろうよ」

金の管理を任されたアランはそう嘯《うそぶ》く。ノッティンガムでは顔が広いらしく、彼は始終、店の売り子たちから声を掛けられ、挨拶を交わしていた。そしてトマスの見るところ、アランは女たちから大層人気があるようだった。確かに、アランは美男だ。トマスとマッチの存在が障害となっているのか、擦り寄られることはなかったが、通りを歩くアランには娘たちの熱のこもった視線が注がれている。

「それで、どれがあんたの恋人？」

マッチは遠慮の欠片《かけら》もなく、にやにやしながらアランに尋ねる。

「まさか町の女の子全員と仲良しなわけじゃないだろ？」

「それは、仲良しの定義によるな」

アランはしゃあしゃあと答えた。

「僕は誰とでも仲良くするよ、向こうにその気があるのならね。だが特定の誰かと特別に仲がいいわけでもないし、未婚の娘の名誉を傷つけるようなこともしていない」

「あんたがしょっちゅうノッティンガムに行きたがるのは、女がいるからだとレイフは思ってるよ」

マッチの指摘に、アランは声を上げて笑った。

「レイフは君の頭に、下世話な戯言《たわごと》を植えつけたな」

それから新入りのトマスのほうへ顔を向け、口の端を下げてみせる。

「レイフは悪い奴じゃないが、ひねくれてる。物事を素直に受け止めようとしないんだ。気を付けないと、トマス、君も何を言われているか判らないぞ」

「そうだね」

トマスは心から賛同した。レイフとの付き合いは短いが、彼についてのアランの意見には説得力がある。

アランは手際良く買い物をし、その間トマスとマッチは、あらゆる店の品物を冷やかして楽しんだ。そうしている間にも城下は次第に混雑し始め、トマスとマッチも二度ほど、荷車に轢《ひ》かれそうになった。あちらこちらで罵りの応酬があり、見物人からも野次が飛ぶ。

最後に、エールは絶対にそこで買わなければならないというアランの主張に従って、彼らは町の外れに向かった。その居酒屋では女主人が自ら丹精したエールを出しており、アランによればノッティンガムで一番のエールだという。

アランは店の主人と、エールを樽で買うこと、そして樽を運ぶための荷車を借りることについての交渉を始めた。トマスとマッチはその間、向かいにある鍛冶屋の仕事を見物していた。ふいごが風を送り、炉の中で炎がごうごうと音を立てている。真っ赤に染まった鉄が石の上で叩き伸ばされ、その音に負けじと、親方が大声で弟子たちに指示を下す。

やがてトマスはその騒音に耐えかねて逃げ出した。マッチは夢中で鍛冶屋の仕事に見入っている。

アランはまだ、居酒屋の主人と話し込んでいる。

ぶらぶらと道に出たトマスは、その先にあるノッティンガム城を眺めた。石造りの城は、青空を背景に白く聳《そび》えたっている。数人の兵士がそちらからやってきたが、トマスは気にも留めなかった。城下で兵士の姿は珍しくない。先刻から何度もすれ違っている。

だが次の瞬間、彼は兵士たちに周囲を取り囲まれていた。

トマスは驚いて目を瞬《しばた》いた。何が起こったのか判らなかった。たまたま兵士たちの間に入りこんでしまったのかと思い、身をかわそうとする。しかしそのとき、ごつごつとした兵士の手が、トマスの二の腕をがっちりと摑んだ。

「こいつですか?」

その兵士が仲間の頭越しにそう尋ねる。つられてそちらを向いたトマスは、そこに一人の男の顔を見出し、思わず小さな声を上げてしまった。兵士たちの輪の外にいたのは、先日彼らが森で金を奪った、ヨーク大聖堂配下の男だったのだ。太った身体で精一杯走ってきたものか、息を荒らげている。

「そうだ、こいつだ」

真っ向からトマスと目を合わせて、男は断言した。人違いだと言い逃れるには、もう遅過ぎた。相手の顔を見てたじろいだことで、トマスは罪を認めてしまったのだ。

「来るんだ」

別の兵士が、トマスのもう一方の腕を摑んだ。身もがいてみたが、訓練された兵士たちの手はトマスの抵抗をものともしない。ヨーク大聖堂配下の男は外套を翻し、城への道を大股に進んだ。トマスを捕えた兵士たちがその後に続く。人々の怪訝《けげん》そうなざわめきが彼らを押し包む。

なす術もなく、トマスは引きずられて行った。初めて会った日に、レイフは無法者になることの危険を口にした。だが彼らと森の中にいる限り、その危険も絵空事のように感じられたのだ。

しかし今、彼は町の中で兵士に囲まれ、裁きの場へ連れ出されようとしている。呆然としたまま、彼は辺りを見回した。そう、彼は一人ではないのだ。森の仲間がすぐ側にいる。

兵士たちに遮られて周囲の様子はよく判らなかったが、それでも彼は、こちらへ駆けて来ようとする赤い髪を見たと思った。

「やめろ、マッチ！」

人垣の中から、アランの声が微かに聞こえる。

「僕たちだけじゃどうしようもない……」

トマスは歯を食いしばった。

アランの言うとおりだ。どうしようもない。武装した兵士たちを相手に、マッチとアラン二人だけで一体何ができるというのだろう。

トマスは前を向いた。後ろを振り返るまいと決めた。仲間が一緒に来ていることを、兵士たちに知られてはならない。

それが、トマスにできる唯一のことだった。

＊＊＊

ノッティンガム及びダービーの州長官ウィリアム・ド・ウェンデナルを、トマスは去年、一度だけ見たことがある。

父と一緒に城へ来た際、擦れ違う彼と挨拶を交わしたのだ。トマスは相手の顔をはっきりと覚えていた。だが幸いなことに、州長官のほうはトマスの顔に記憶を刺激されなかったらしい。あのときのトマスは、父の後ろに控える手足のひょろ長い少年に過ぎなかった。

眠たげな瞼《まぶた》をした中年の州長官は、以前より腹周りが少しばかり太くなったようだった。だが、逞《たくま》しく張った肩に機敏な身のこなしは、まだまだ戦士として通るだろう。

接見の場は、正式な裁判でないどころか、城の屋根の下でさえなかった。中庭の片隅だ。兵士たちはまずトマスを地下牢《ちかろう》へ放りこもうとしたのだが、そこへ州長官が通りかかったのである。ヨーク大聖堂配下の男が彼を見つけ、兵士の一人が側にいた役人を呼び、さらにその役人が州長官を罪人の元へ連れてきた。

森での強盗事件は、すでに州長官の耳に入っていたらしい。改めて事件の模様を説明しようとした被害者の言い分を、彼は丁重に聞き流した。目を眇《すが》めて、トマスの顔を覗《のぞ》き込む。

「……ジェイコブ・オブ・セルビィとは顔見知りだな？　彼がヨーク大聖堂の、荘園の差配人なのは知っていたのか？」

トマスは上目遣いに相手を見上げた。

「いいえ、名前は聞きませんでした」

ウィリアム・ド・ウェンデナルは鼻を鳴らした。

「仲間と徒党を組んでシャーウッドの森に潜み、強盗を働いたそうだな。そして、大司教猊下《げいか》の金を、百五十ポンド強奪したとか」

ジェイコブ・オブ・セルビィが被害額を吊《つ》り上げていたことを知らされて、トマスは口の端で笑った。そして、こんな状況で自分が笑えることに内心で驚いた。

「いいえ、閣下。我々が大司教猊下からお預かりしたのは百ポンドです」

胸の内では心臓が大きく打ち鳴らされていたが、トマスは平静を装った。もしこれがニコラスだったら、あるいはレイフだったらどう答えるだろうかと思い巡らせながら言葉を選ぶ。

「そしてジェイコブ・オブ・セルビィ殿からは、二十六ポンド八シリングいただきました」

州長官が歪《ゆが》んだ笑みを被害者に向けた。ジェイコブ・オブ・セルビィがどぎまぎと視線を逸《そ》らす。

トマスは続けた。

「しかし我々はそれを、食事の代価として受け取ったのであって、強盗ではありません。ジェイコブ・オブ・セルビィ殿は、我々と昼食を共にし、大いに飲み食いされたのですから」

「強制されたのです！」

荘園差配人は叫んだ。

「閣下、よもやこんな無法者の言葉を信じたりはなさらないでしょうな⁉　こ奴《やつ》らは私を無理矢理森の奥へと連れ込み、そして金を奪ったのですぞ」

「もちろん、森の中に無法者どもが群れを作っているのは承知している」

州長官はうるさげに言った。

「だがそれは、誰もが知っていることだ。もちろんあなたも知っていたに違いない。それなのに、あなたは護衛を雇わなかったらしいな。最初から金をけちらずに十分な護衛を雇い入れていれば、こんなことにはならなかったのではないかね？　無法者たちに付け入る隙を与えたのは、あなただと非難することもできるぞ」

意地の悪い口調に、ジェイコブ・オブ・セルビィの顔が赤くなる。だが彼は大きく息を吸い、吐き出して、怒りを押し殺した。

「閣下、それでも、こ奴らが大司教猊下の金を盗んだという事実に変わりはありません。大司教猊下は厳しい裁きをお望みになるでしょう。このことが大司教猊下のお耳に入ればただちに、閣下の元へ、罪人を捕えて金を取り戻すよう要請が来るはずです」

綺麗《きれい》に剃《そ》った顎を撫《な》でながら、ウィリアム・ド・ウェンデナルは荘園差配と強盗の一味の少年を見比べた。

「では、ジェイコブ・オブ・セルビィ殿の申し立てにより、おまえを強盗の罪で絞首刑に処すこととする」

やがて州長官は淡々とそう告げた。

「……」

息を詰めて、トマスは相手を見返した。まだ続きがあると、州長官の目が語っていたのだ。

「だが見たところ、おまえのような子供が一党を指揮していたとは考えにくいな」

そして州長官は、太った被害者へと目を向けた。

「この子供が、あなたの懐から金を取ったのかね？　それともこの子は、その場に居合わせただけかね？」

一瞬、ジェイコブ・オブ・セルビィは口ごもった。

「……居合わせただけだとしても、こいつが仲間であることに間違いありません」

州長官は皮肉っぽく片眉を上げた。それからトマスに向き直る。

「仲間がどこにいるのかを教えたら、そして、ヨーク大聖堂の財産を返すのなら、おまえの命だけは助けてやってもいい」

「彼らの居所は知りません」

正直に、トマスは応じた。

「僕はつい最近森に入ったばかりです。一人ではあの場所に戻ることもできません。それに、そちらの方からお預かりした金についても、僕の手の届くところにはありません」

州長官は鼻を鳴らした。

「聞いたか、ジェイコブ殿？　大司教猊下に、金を盗まれて取り戻せないと知らせねばならぬようだな。辛《つら》い仕事だが、仕方あるまい」

啞然《あぜん》として、被害者は法の執行者を見つめた。

「無法者たちを討伐してはいただけないのですか⁉」

「討伐？」

ウィリアム・ド・ウェンデナルはせせら笑った。

「あの森で？　あの森がどれだけ広いと？　それに、あの無法者どもを排除しようとして、今までどれだけ空《むな》しい努力が払われてきたのかを知らないのか？　兵士たちが森の中をさまよっている間に、あいつらはとっとと行方をくらましてしまう。無駄だ、捕まえられるわけがない。一人でも捕えられたことを、神に感謝するがいい」

自分を捕えている兵士の一人が、被害者を憚《はばか》ることなくにやりと笑ったのを、トマスは確かに見た。ジェイコブ・オブ・セルビィも、同じものを目にしたに違いない。

「しかし、この若造が本当のことを言っているとは限らないではありませんか」

必死の形相で、荘園差配人はトマスを指す。

「一人では戻れないというのならば、どうやって町まで出てきたというのです。絶対に、何か役に立つことを知っています」

州長官は横目でトマスを見やった。

「ジェイコブ殿は拷問をお望みのようだが」

トマスの全身を、吟味するように眺める。

「手間をかけて拷問されるとしたら、おまえは何を喋《しゃべ》る？」

「閣下」

トマスは丁寧な口調で言った。

「僕には喋るべきことがありません。僕も森の中で道に迷っていました。あと一年あそこで暮していれば、何かお役に立てたかもしれませんが、今は何も知らないと申し上げるか、でなければ嘘《うそ》を吐《つ》くしかないのです」

「その言葉を信じるとしよう」

相手はうなずいた。差配人から抗議の声が上がりかけたが、彼はそちらを見もせずに片手を挙げて遮った。嘲るように続ける。

「となれば、もはやおまえを生かしておく価値はないわけだな」

そして彼は、夕焼けに染まり始めた空を見上げた。

「明朝、悪行の報いを受けるがいい。森で好き勝手なことをしている連中には、私ももううんざりだ。地獄に堕《お》ちろ」

州長官はくるりと向きを変えて、トマスと荘園差配人を置き去りにした。そして死刑宣告を受けたトマスは、荷物のように地下牢へと運ばれた。じめじめとした一室に放り込まれる。

扉に鍵を掛けられて、トマスは呆然《ぼうぜん》と、薄闇の中で立ち尽くした。

❋❋❋

豆や雑穀を煮込んだどろりとしたものが、夕食として届けられた。

味というほどの味を感じなかったのは、料理人の腕が悪いのか、それとも自分の感覚が麻痺《まひ》しているのか、トマスにはどちらとも見当が付かなかった。湿った藁《わら》の上に座って、扉の覗き穴から洩《も》れてくる灯りを頼りに木の匙《さじ》で椀《わん》の中身をすくい、口に入れ、飲み下す。この食事に何の意味があるのだろうと、彼は内心首をひねった。どうせ明日の朝には首を括《くく》られて死ぬことになるのだ。空腹であろうがなかろうが、死んでしまえば違いはない。

覚悟が決まったとは言い難い。だがトマスは、自分の運命を受け入れようと努めた。家を出たのも、無法者たちの仲間に入ったのも、自分の意思で決めたことだ。国王の鹿を狩り、強盗も働いた。州長官の決定が不当だとは言えない。むしろ、拷問に掛けられなかったことを感謝するべきなのかもしれない。

それでもやはり、父と幼い弟のことを考えると、食事の手が止まった。食べかけの椀を床に置く。込み上げてきた苦い塊を飲み下す。

処刑には、近隣の住人たちが見物に押し掛けるはずだ。その中に自分の家族が混じっているとは思わないが、顔見知りが来る可能性はある。もし、自分の顔を見分けられてしまったら、家族にも知らせが届くだろう。それはトマスにとって、絞首刑そのものよりも避けたい事態だった。息子が盗賊として死刑になったなどと知れば、父は恥辱に打ちのめされてしまう。

あるいは、絞首台に上る罪人の顔など、誰も気には留めないのだろうか。家を出て以来一度も顔を剃っておらず、淡い陰が頬や顎を覆いつつある。多少なりと自分の見かけが変わっているということが、今は小さな慰めだった。トマスが顔を伏せている限り、それが自分の知り合いかもしれないなどとは、誰も考えないに違いない。

今頃は森の奥にも、自分が捕えられた話は伝わっているだろう。

マッチは自分を助けようとしてくれた。アランが止めなければ、一緒に牢へ放りこまれていたところだ。自分とは違い、マッチは無法者たちについて多くを知っている。もし捕まっていれば、彼には長く辛い拷問が待っていただろう。それを考えれば、捕まったのが自分一人だけで済んだのは幸いだったのだ。

仲間の誰かが、自分の最期を見届けに来てくれるかもしれない。もし誰かの顔を見つけたら、無理にでも笑ってやろうとトマスは心に決めた。ニコラスは弔いの祈りを捧《ささ》げてくれるだろう。州長官は地獄に堕ちろと吐き捨て、恐らく荘園差配人も同じ意見だったに違いないが、ニコラスの祈りに神が応えてくれるかもしれない。

彼は天井近くにある窓に向かって跪《ひざまず》いた。そこから月が小さく見えている。大きく息を吸い込み、両手を組み合わせる。

「いと清き聖母マリア、我は御身の尊き保護と特別なる守護の元に我が身を置き……」

祈りの文句を唱え始めたそのとき、外から何者かの叫び声が聞こえた。

酒を飲んだ兵士が喧嘩《けんか》でも始めたのかもしれないと、トマスは考えた。騒ぎは次第に大きくなっていくような気がしたが、彼は祈りを中断しなかった。

「……我が一切の希望と喜び、困難と悲しみ、一生と最期とを御身に捧げ……」

十回の祈りで、心の平安が得られるはずだと、トマスは自分に言い聞かせた。少なくとも、ニコラスに言われたときには、その通りになった。

だが、ゆっくりと六回目を唱え始めたとき、扉の外で何かがぶつかる大きな音が響き、トマスは思わず膝を浮かせた。続いて、何者かの低い呻《うめ》き声がうつろに伝わってくる。

扉の覗き窓の向こうで炎が揺らめき、誰かが中を覗き込んだ。

「トム！」

呼ばれて、トマスは立ち上がった。紛れもなく、それは赤毛の友達の声だった。

「マッチ⁉」

だがマッチは、すぐに扉から離れてしまう。

「ジョン、ウィル、こっちだ！」

じゃらじゃらと金属の触れ合う音がして、地下牢の扉が大きく開け放たれた。ウィル・スケイズロックが、鍵束を摑《つか》んだまま牢の中へ顔を突っ込む。

「よう、結構元気そうじゃないか」

「さっさと出ろ」

リトル・ジョンがトマスを急《せ》かす。だが、次に発した問いは、ウィルに向けられたものだ。

「何をやってる？」

トマスが牢から出ると、ウィルが別の扉に鍵を突っ込んでいるところだった。首を伸ばすと、通路の奥に兵士が倒れているのも見える。鍵束は、その兵士から奪ったものだろう。

「ついでさ」

ウィルは悪びれもしない。目深に被《かぶ》ったフードの下で、従兄弟《いとこ》そっくりの笑みが大きな口に浮かんでいる。

扉が開き、むさ苦しいなりの男が二人、疑《うたぐ》り深げに外に出てきた。ウィルは彼らに鍵束を渡した。ぐるりと周囲を指し示す。

「さあこれで、閉じ込められた哀れな同胞たちをできるだけ多く助けてやってくれないか。俺たちは急いでいるんでね」

鍵を渡された男は、ぽかんとして無法者たちを見回した。だがウィルに背中を叩かれて、ぎくしゃくと動き出す。

仲間たちに背中を押されるようにして、トマスは地上へ続く狭い石段を駆け上がった。

中庭が大混乱に陥っているのは、実際に目にする前から察せられた。男たちの怒号や悲鳴が空気を震わせ、大きな炎の赤い光が階段の壁を照らし出している。

階段を上りきったところに見えたものは、まさに戦争そのものだった。

荷車が燃え上がっている。その光の中で、男たちが剣やこん棒で戦っている。だがその場にいた兵士たちの多くは、ただ混乱し、右往左往しているだけのようにも見えた。命令を下している者はいない。彼らは各自の判断で、敵と思しき相手と戦っているのだ。

死んだ兵士の身体につまずきかけ、トマスは危ういところで、それを跨《また》ぎ越した。兵士の胸には矢が突き刺さっている。矢羽の印がレイフのものであるということを、トマスはその瞬間見て取った。

城の中もまた混乱しているようだった。松明《たいまつ》の火があちこちに動いているのが、庭からも判る。窓から幾つもの顔が突き出し、荷車の炎に照らされていた。どの顔も怯《おび》え、困惑している。

マッチが地団太を踏まんばかりにトマスを急き立てた。彼の姿は光の届かぬ暗がりに消えようとしている。トマスは慌ててその後を追った。

「こっちだ、早く！」

と、彼の前に、二人の兵士が立ち塞がった。

少なくとも彼らは、自分たちの仕事を弁《わきま》えていた。地下牢からの逃亡者を阻止すべく飛び出してきたのだ。振り上げられた剣は間違いなく、トマスの頭と胸を狙っている。

そのとき一際大きな声が、他の喧騒《けんそう》を圧倒して響いた。

「ロビン！」

まるで天から振り下ろされた鞭《むち》のように、その声は戦場を切り裂いた。声に驚いた兵士たちが、ほんの一瞬動きを鈍らせる。

鋭い不吉な音と共に、二本の矢が飛来した。

矢尻が肉に刺さる鈍い音は、トマスにも馴染《なじ》みがあった。彼を殺そうとしていた兵士たちが、声もなくその場に崩れ落ちる。トマスは慄然として、二つの死体を見下ろした。彼らの背中には、矢が一本ずつ、深々と突き刺っていた。強弓から放たれた矢が、彼らの心臓を正確に貫いたのだ。

射手は、城壁の上に立った二人の男だった。彼らは黒い影にすぎず、背格好も似ており、城内からは誰にも区別をつけることができない。だが彼らは同時に矢を放ち、狙い違《たが》わず二人の兵士を殺した。

その光景を、大勢が目撃していた。

倒れた兵士たちの死体を乗り越えて、トマスはマッチの元へと走った。

ロビン、と叫んだ声に、トマスは聞き覚えがあると思った。だが、ぐずぐずしている暇はない。マッチの影について暗闇に飛び込む。すでにウィルが、城壁に掛けられた梯子《はしご》を上り始めていた。その足元をジョンが守っている。

「引くぞ！」

ジョンの大声に、中庭に散らばっていた無法者たちはただちに従った。

森の仲間たちが梯子に群がる。それに気付き、阻止しようとした兵士は、城壁の上からニコラスとレイフに狙い撃ちされた。彼らは一本たりと矢を無駄にせず、急所を外すような慈悲深さとも縁がなかった。兵士の何人かが数本の矢を二人めがけて放ったが、城壁の上まで届いたものは一本もない。

仲間に追い立てられるように、トマスは梯子を上った。ニコラスがちらりと、横を行き過ぎる少年の顔を見る。一方レイフは、仲間たちのほうへなど目もくれなかった。楽しげな笑みさえ浮かべて、次の的を選んでいる。

そのとき、解放された罪人たちが我先にと地上へ溢《あふ》れ出し、中庭は大混乱に陥った。そこここで死に物狂いの取っ組み合いが始まり、もはや誰にも制御することはできない。

救出部隊の全員が城壁に上り、反対側に掛けられた梯子を半ば滑るように下りるまで、ほんの僅かな時間しかかからなかった。そこでようやくニコラスとレイフも一行に合流する。彼らは家々の間を抜け、さらにもう一つ壁を乗り越え、森へ向かって走り出した。

マッチに手を摑《つか》まれて、トマスも夜の闇を懸命に走った。幸い、転んで悪態を吐く者は一人もいない。彼らはただひたすら逃げ続け、とうとう森の縁にまで辿《たど》り着いた。

すっかり馴染んだ森の匂いを嗅いでようやく、トマスは、自分が絞首刑を免れたことに思い至った。助かったのだ。死なずに済んだ。そしてまた明日も生きることができるのだ。

足ががくがくと震え始めた。膝が崩れ、地面にへたり込む。

「トム？　大丈夫か？　どっか怪我《けが》した？」

マッチの心配そうな声が頭上から降ってくる。差し出された腕に、トマスは縋《すが》りついた。両手で小柄な赤毛の少年の身体を辿り、しがみつく。

「——ありがとう」

何とか押し出した言葉は、嗚咽《おえつ》に震えていた。

ジョンの大きな手が、彼の背中を撫でた。レイフは弓の先でフードを押し上げ、面白がっているような目でトマスを見ている。

「行こう」

ニコラスが静かに促し、トマスはジョンとマッチに支えられながら、森の中を歩き出した。

❇❇❇

火の前でワインを啜《すす》るうちに、トマスは次第に落ち着きを取り戻した。

ノッティンガム城からトマスを奪還した祝いに、森の奥では酒盛りが行なわれている。アランとマッチが知らせを持ち帰ってすぐに、彼らはトマスの救出作戦を決めたのだ。状況から、一刻の猶予もないことは判っていた。森に巣食う無法者に対し、裁判など行われるはずがない。州長官の一存で、簡単に処刑が行われてしまう。仲間たちは夜陰に乗じて素早い攻撃を仕掛けなければならなかった。そしてもしまだトマスが生きていれば、敵が混乱しているうちに彼を取り戻し、一目散に逃げ出さなければならなかったのだ。

戦える者全員がこの救出に参加したのだと聞いて、トマスの胸は熱くなった。だが中には図々《ずうずう》しい者もいた。どさくさ紛れに、極上のワインを持てるだけの革袋に詰めてきていたのだ。彼らは今、それを回し飲みしている。

「——ここの場所を訊《き》かれたよ」

話を聞きたがる仲間たちに、トマスは城でのことを細かく説明した。

「だけど、何も答えられませんと言うしかなかった。本当に判らないんだから。ヨーク大司教の荘園差配人は、僕を拷問に掛けたかったらしいけど、州長官は時間の無駄だと信じてくれた」

「州長官に乾杯」

レイフがふざけて革袋を掲げる。どっと笑い声が起こった。トマスは一緒に笑い、そして炎に照らされた仲間たちの顔を見渡した。立ち上がり、声を張り上げる。

「助けに来てくれてありがとう！」

「いいってことよ！」

男たちの中から、気のいい返事が上がる。大分酔いの回った口調だ。

「ワインをいただきに行った、ついでだからな」

再び爆笑が起こり、焚火《たきび》の炎ですら、一際陽気に燃え上がったかに見えた。

夜が白みかける頃には、無法者たちのほとんどが騒ぎ疲れて眠っていた。

トマスとニコラスだけが例外だ。酔いは回っていたが、トマスの目は冴《さ》えてしまっていた。横になる気になれない。そしてニコラスは辛抱強い父親のように、トマスの隣で火の番をしている。

「牢の中で、聖母マリアにお祈りをしていたんだ——皆が助けに来てくれたとき」

しわがれた声で、トマスは告白した。ニコラスの優しい茶色の目が彼を見ていた。

「そうか」

彼はそれ以上何も言わない。だがトマスは、胸の内にしまい込んでいたものを曝《さら》け出したくなった。ニコラスにならば、どんな秘密を打ち明けても受け入れてもらえるだろう。

「……僕の母は、僕が八歳のときに死んだ」

躊躇《ためら》いながら、トマスはそう口を切った。

「父は再婚して——僕は、新しい母が好きになれなかった。別に叩《たた》かれたりしたわけじゃないけど、義母はちょっと冷たくて、あんまり僕と関わりたくないみたいだった。だから僕も近寄らなかった」

ニコラスはただ、彼の話に耳を傾けている。トマスは続けた。

「それから、弟が生まれた……アレックが」

そこで、言葉が途切れる。ニコラスが小枝を炎に放り込む。

「君はその弟が嫌いだったのか?」

「いや、そうじゃない。アレックは可愛《かわい》かった。赤ん坊の頃から、僕を見ると笑うんだ。僕のことが好きだったんだと思う」

　そしてトマスも、小さなアレックが好きだったのだ。もちろん、同じ年頃の友達といるときには、幼い弟は足手まといなだけだった。だが二人でいたときには、トマスはよくアレックと遊んでやったものだ。アレックは何でも、トマスのしていることを真似《まね》したがった。トマスが矢を的に当てるのを憧れの眼差しで見つめ、自分も小さな弓矢で練習を始めようとしていた。

「だけど義母《はは》は、僕がアレックと一緒にいるのを嫌がったんだ」

　トマスは苦い思いで続けた。

「僕がアレックに怪我をさせるって。確かに、僕を追いかけたアレックが転んで手や膝をすりむくこともあった。でもそれは僕がわざとやったんじゃないし――アレックと喧嘩したこともない。喧嘩するには、アレックは小さすぎたんだ。この間五歳になったばかりだ」

「何故《なぜ》お義母《かあ》さんは、アレックを君に近付けたがらなかったのかな?」

　先を促すニコラスの声は、聴罪僧のように重々しかった。

「年上の子供と遊ぶことで、下の子は大きな成長を遂げられるというのに」

「僕の母が――」

　言いさして、トマスはごくりと唾を飲み込んだ。そして言葉を押し出す。

「死んだ僕の母よりも、自分のほうがいい家の出なんだって、義母は言ってた。だからアレックが、父の跡継ぎになるべきだって」

ニコラスは片眉を上げた。

「そんなことを、彼女は君に言ったのか？」

「いや、彼女の妹がうちに遊びに来ていたとき、そんな話をしているのがたまたま聞こえてきたんだ。僕や父の前では、義母は一度も、そんなことを口にしていない。だけど、あれが彼女の本音だったんだと思う」

トマスは口を噤《つぐ》んだ。聞こえるのは仲間たちのいびきと、炎の中で薪《まき》が爆《は》ぜる音だけになった。

新しい薪で、ニコラスが炎の中を突《つつ》く。火の粉が夜空へと舞い上がる。

「それで？」

「それから……」

言い淀《よど》んだが、トマスは勇気を振り絞った。

「家の裏手に林というか……ちょっとした藪《やぶ》があって、そこに時々、野生のウズラがいるんだ。あの日、でかいやつを見つけた。ちょうど弓矢を持ってたから、仕留めてやろうと思って弓を引いた。でも矢を放とうとした瞬間、木の陰からアレックがひょいと飛び出してきた——ウズラのすぐ後ろに」

「……」

「間に合わなかったんだ」

「——矢が当たったのか」

用心深く発せられた問いに、トマスはかぶりを振った。

「いや、矢は何にも当たらずに地面に落ちた。でもアレックは尻餅をついた。びっくりした顔で僕を見てた。そうしたら義母が大声を上げながら飛び出してきた。アレックを抱き締めながら、僕を人殺しと呼んだ。アレックが泣き出して、僕は逃げた」

「そして、ここへ来たのか」

トマスはうなずき、炎の中に目を凝らした。

「とにかく、義母の金切り声を聞きたくなくて、ただひたすら走り続けた。そのうち、自分がどこにいるのか判らなくなったけど、家に帰る道は探さなかった。自分が――」

口の中がからからに渇き、トマスはワインを一口含んだ。ニコラスは彼を急かさなかった。ワインが胃の中に落ち、その渋みが広がって行くのを待ってから、トマスは再び口を開いた。

「あのとき、本当に間に合わなかったのかどうか自信がなかった――もしかしたら矢を離したとき、自分はちゃんとアレックに気付いていたんじゃないかと。義母の言葉に腹を立てて、アレックを殺そうとしたんじゃないかと」

「……」

「でも、何度思い出そうとしても駄目だった。判らないんだ、矢から指が離れたあの瞬間、自分が何を見ていたのか」

「君の腕前が確かなのは知っている」

ニコラスが静かに言う。

「矢は逸れた。それが答えにはならないのか？」

「僕だって、的を外すことくらいある」

トマスは自嘲の笑みを唇に浮かべた。

「とにかく、義母が何を考えたのかは判《わか》ってたし、当然それを父に言っただろう。アレックも、母親の言うことを信じるだろうな。父が狼狽《ろうばい》するのは目に見えてる。きっとこれから、僕をどう扱えばいいのか判らず途方に暮れる。アレックを狙ったわけじゃないと僕が言えば、父はそれを信じてくれると思う。だけど義母がそれを否定し続ける限り、父は常に僕を疑わなければならないんだ」

「――なるほどな」

ニコラスが小さく呟《つぶや》く。

「君は家には帰れない――父上のために」

「うん」

「そして今となっては、君は容易には後戻りできない場所に来てしまった」

「……うん、そうだね」

そのまま待ったが、ニコラスは一言も、トマスの行いについて意見を挟まなかった。火の世話をする彼の横顔を、トマスはじっと見つめた。

「僕は――どうすればいいんだろう?」

ニコラスはしばし、問いの答えを考えているようだった。その目に痛みをこらえるような色が走ったのを、トマスは認めた。

「それはこれから見つけることにしよう」

やがて、ニコラスはそう言った。

「誰もが幸福になる方法はないかもしれない。だが、正しい道を選ぶことができるように、神に祈ろう」

そしてトマスに微笑《ほほえ》みかける。

「だが今夜はもう寝るといい。長い一日だったはずだ」

言われるがままに、トマスは身を横たえた。

瞼《まぶた》が眠りに閉ざされるそのときにも、ニコラスはまだ、焚火に向かって座っていた。

❋❋❋

数日後、アランから新しい知らせがもたらされた。

「今、ノッティンガムは――多分ノッティンガムだけじゃないだろうが、リチャード王の話で持ちきりだ」

彼はその日の朝、一人でノッティンガムへ出掛けたのだ。城への夜襲にも参加していたアランが、時を置かずノッティンガムに戻るのは危険だという意見もあったが、アランは耳を貸さなかった。そして何事もなく、仲間たちの元へ戻ってきたのだ。

興味津々で集まってきた仲間を、アランはぐるりと見渡した。

「イングランド王リチャードは、まだ生きてる！」

芝居がかった口調で、聴衆に伝える。

「レオポルド公の捕虜になった後、行方が判らなくなってただろう？　捕まってすぐに殺されたって話もあった」

　国王が十字軍遠征の帰りに捕虜になったという一報が届いたとき、イングランドは大きく揺れたものだ。しかもリチャードを捕えたのがイスラム教徒ではなく、味方であったはずのオーストリア公レオポルドであったことが、その知らせにさらなる衝撃を加えた。

「そもそも何で、レオポルド公とかいう人は、リチャード王を捕まえたんだ？」

　マッチがアランを遮って尋ねる。アランは大袈裟《おおげさ》に片眉を吊り上げた。

「おや、お若いの、君は世界の情勢について詳しくないと見えるな」

　こともなげに、マッチは肩をすくめた。

「ずっとこの森の中にいたからね。十歳のころから」

「それなら説明しようか。たとえ森の中で暮らしていたとしても、少しくらい周りのことも知っておかなくちゃならないからね。僕は大陸で起こったことについてはちょっとした大家《たいか》だ」

「親父がフランス人だから？」

　レイフがからかうように口を挟む。

「それで大家とは、恐れ入るね」

　平然と、アランはレイフの軽口を受け流した。

「リチャード王もまた、フランス貴族の家系であることを考えれば、不思議なことではないだろう？」

　そしてマッチへと向き直る。

「この一件はレオポルド公の、リチャード王に対する個人的恨《うら》みによって引き起こされたものなんだ。彼らは十字軍の真っ最中に喧嘩をしてね。皮肉な見方をする者たちの間では、この事件は、起こるべくして起こったものだということになっている。リチャード王は、敵を作ることにかけては天才だった。昔からそうだ。君が生まれる前——まだ、父君のヘンリー王が健在だった頃からね」

「ヘンリー王が生きておられた時代には、親子兄弟の間で、延々と戦をしていたものだ」

ニコラスが唇の端で小さく笑った。

「あまりにも次々に戦が起こり、和平協定が結ばれ、破棄され、また新しい戦が始まって、今どうなっているのか、我々は情報を追うだけでひと苦労だった」

「そう、リチャード王はあまり後先を考えぬお方だ」

容赦なく、アランは国王をそう評した。

「王子であった時代から、父王や兄弟たちと果てしない争いを繰り広げ、王位を継いだ後はフランス王とも険悪になっている。それだけに飽き足らず、行く先々で悶着《もんちゃく》を引き起こしているというわけだ」

仲間から受け取った水を一口飲んで、言葉を継ぐ。

「リチャード王が捕えられたという知らせがもたらされた直後には、弟のジョン王子、つまりモルタン伯が、海を渡ってパリへと駆け付けた。フランス王フィリップと協定を結ぶためだ。フランス王の助けがあれば、王位を自分のものにできると思ったんだ。フランス王もジョン王子に協力的だった。彼ももう、リチャード王の身勝手にはうんざりしていたからな。フィリップ王が用意してくれた傭兵《ようへい》を引きつれて、ジョン王子はイングランドに取って返した。そして、リチャードはオーストリアで死んだ、従って王位は自分のものであると主張したんだ。もし神が味方していたら、ジョン王子はその時点で、イングランドの王冠を手にしていたかもしれないな。だが、リチャード王が死んだという確証がなかったために、この主張は受け入れられなかったんだ」

「リチャードが生きているという知らせがもたらされたからには」

ウィルがにやりと笑って言う。

「ジョン王子は歯嚙《はが》みしてるだろうな。今頃はもう、歯がすり減っちまってるかもしれない」

アランはうなずいた。

「そしてさっき聞いたところによると、レオポルド公に捕えられたリチャード王は、その後、神聖ローマ帝国皇帝ハインリヒ六世に売られちまったらしい。ハインリヒはイングランドに対し、国王の身代金を要求している。噂《うわさ》によると、十万ポンドもの大金だそうだ」

無法者たちは啞然《あぜん》としてこの金額を聞いた。

イングランドの財政状況について詳しい者はいなかったが、これがとてつもない大金だということだけは誰にでも判る。リチャードは四年前王位に就いた途端、長年の野望であった十字軍遠征のための金を集め始めた。あらゆるところから金を借り、国民から税金を絞り取ったのだ。この森には、それが原因で生活の術《すべ》を失い、無法者になった者も数人いる。

その上さらに、十万ポンドだ。

「また税金が上がるわけだ」

レイフが捻れた笑みを唇に浮かべる。

「国王陛下がオーストリアで死んでいたら、この国はどんなに豊かになったことか」

その見解にアランもうなずいた。

「ああ。だがここから手を伸ばして、王を海に叩き込むわけにはいかない。たとえそんなことができたとしても、エリナー王太后が許さないだろう。彼女は早速、金策を始めてるらしい」

「ジョン王子を王様にすればいいのに」

マッチの意見は単純で、無邪気だ。

「ジョン王子だって、エリナー王太后の息子でしょ?」

「それはそうだが、エリナー王太后が一番可愛がっているのは、リチャードなんだよ。昔からそうさ」

アランが教えてやる。

「リチャードを救うためなら、彼女は文字通り、どんな手段でも取るだろう。かつて彼女は、十字軍遠征に行ったこともあるんだよ。最初の夫と一緒にね。彼女には恐れるものなんかないんだ」

再び水を一口含んで、彼はマッチに目くばせした。

「二番目の夫であるヘンリー王——すなわちリチャード王やジョン王子の父親は、実は彼女に、大いに手を焼いていた。しまいには妻の気概と力を恐れて、彼女を幽閉しなければならなかったほどだ。だが幽閉されても、彼女は挫《くじ》けたりしなかった。そして夫が死に、リチャードが王になったことで、彼女の幽閉生活は終わった。リチャード王が不在の今、事実上イングランドに君臨しているのは彼女なんだ」

「税金は、確実に上がる」

そのときニコラスが口を開いた。

「飢える者が出るかもしれない。森に逃げてくる者もいるだろう。彼らのために食料を蓄えておかなければならないな」

無法者たちはうなずいた。ある意味で、この森に住む男たちは修道士のようなものなのだと、トマスは理解した。彼らは働き、祈り、貧者に施しをする。そして困っている人間には手を差し伸べる。自分も彼らに救われたのだ。今度は誰かを救わなければならない。

「……それからな」

アランがちらりとトマスを見やった。

「ヨーク大司教からノッティンガムの州長官に、苦情が来たらしい——一度は捕まえた盗賊を、まんまと逃がした件で」

「……」

思わず黙り込んだトマスの横で、マッチが勝ち誇った笑い声を上げた。

「俺たち、うまくやったぜ」

赤毛の少年の見解に、アランが苦笑する。

「まあ、そうとも言える。だが当然、してやられたほうは面白くないわけだ。僕たちがもてなした荘園差配人の……名前は何といったか……」

「ジェイコブ・オブ・セルビィ」

トマスが答える。うなずいて、アランは続けた。

「そう、彼がヨークに出向いて、大司教猊下に訴えた――いかにノッティンガム州長官とその部下たちが無能であるかをね」

「もちろん、自分がいかに無能であったかについては棚に上げたんだろうな」

したり顔でレイフが口を挟む。アランは肩をすくめた。

「その辺については、大司教猊下はとうに察しておられたらしい。大金を運ぶ者としてあるまじき不用心さについて、かなりきつい嫌味を言われたそうだ」

「ちょっと待てよ、アラン」

聴衆の一人が声を上げる。

「どうしておまえがそんなことまで知ってるんだ?」

「何故かというと」

得意げにアランは応じた。

「ジェイコブ・オブ・セルビィの従者、そう、あのとき僕らと食事を共にした彼が、大司教猊下と差配人との会見の場にいたからだ。彼はここで食事したとき以来、僕の友達の一人になってくれてね。もちろん、多少の出費は必要だったが」

指先で、金を示す仕草をしてみせる。

「彼らはヨークからの帰りにノッティンガム城に寄り、大司教猊下からの手紙を州長官閣下のところに届けたわけだ。手紙を受け取った州長官も、嬉《うれ》しい顔ではなかったらしい。ジェイコブ殿は従者と共に明日ノッティンガムを発《た》つそうだが、もうこの森は通らないだろうな」

仲間たちの間から笑い声が上がった。しかし、リトル・ジョンは憂い顔だ。

「これは、ちょっとばかりまずい状況かもしれんぞ」

顎髭《ひげ》を掻《か》きながら言う。

「ヨーク大司教は、リチャード王の実の兄だ。弟のために身代金を掻き集めなけりゃならんちょうどその時に、自分の荘園からの金を盗まれたとなると……」

「ヨーク大司教は確かにリチャード王の兄だが、エリナー王太后の息子じゃない」

ニコラスが指摘した。

「王太后はもちろんヨークからも金を絞る気だろうが、大司教がそれを喜ぶとは思えない。何と言ってもリチャードと兄の大司教は、長年の間互いにいがみ合ってきたんだからな」

「ヨーク大司教ジェフリーは、前国王ヘンリーの庶子なんだよ」

アランがマッチに解説する。

「ヘンリーがエリナーと結婚する前に、愛人が産んだ息子だ。それをヘンリー王は、自分の手元で大事に育ててた」

「へえ」

面白がっているかのように、マッチは目を丸くする。

「エリナー様は、怒らなかったのかい？」

「もちろん怒ったさ」

まるでその場を見てきたかのように、アランはそう断言する。

「だけどヘンリー王はジェフリーを気に入ってた。何と言っても、自分の長男だったからね。そして彼を教会に入れることでその身の安泰を図ってやった。それからエリナー王妃は何人も子供を産み、やがてその息子たちが、父親の王位を脅かすようになったんだ。エリナー王妃も息子に加担した。庶子のジェフリーだけが、ヘンリー王の味方だった。エリナーの息子たちとの戦いに敗れて、ヘンリー王が死の床に就いたとき、傍らにいて彼を看取《みと》ったのはジェフリーだけだったんだ」

マッチは夢中になって身を乗り出している。トマスも思わず聞き入っていた。一応知ってはいる話だったが、アランの語り口は生き生きとして面白いのだ。他の者たちも熱心に耳を傾けている。

「ヘンリー王の死後」

アランは聴衆に向かって話し続けた。

「王冠を手に入れたリチャードは、この異母兄をヨーク大司教に推した。知ってるか？　イングランドの教会では、カンタベリー大司教に次いで、二番に偉いのがヨーク大司教なんだ。ヘンリー王は以前から、ジェフリーをこの地位に就けたがっていた。王位を継いだとき、リチャードは父親の遺志を尊重したのだということになっている。だが、あの兄弟が心の底から和解したかどうか、それは疑わしいと僕は思うね」

暗い笑みが、一瞬だけアランの目をよぎった。

「とにかく、国王になったリチャードの望みは、一刻も早く十字軍に赴き、華々しく活躍することだったんだ。そのためにはまず、イングランド国内を安定させなければならない。それまで敵だった異母兄をヨーク大司教の地位につけたのは、ジェフリーを懐柔するためだったんだろうな。ジェフリーは父の右腕として軍事的な才能を発揮していた。彼を敵のままイングランドに残しておくことは、あまりにも危険だったんだ」

「リチャード王が神聖ローマ帝国の捕虜となった今」

リトル・ジョンが顔をしかめる。

「ヨーク大司教は、国王への忠誠を貫くと思うか？」

「そもそもジェフリーに、異母弟への忠誠心があったかどうかは、限りなく疑わしいがな」

馬鹿にしたようにウィルが鼻を鳴らした。

「どちらにせよ、エリナー王太后は身代金を掻き集める」

アランが厳かに予言してみせた。

「ジョン王子は嫌がるだろうし、ヨーク大司教もいい顔はしないだろうがね。そしてイングランドは困窮する。これも間違いのないところだ。神よ、救い給《たま》え」

「アーメン」

数人が皮肉な口調で言い添える。

「だけどさ」

マッチは不安げに周囲を見回した。

「だけど俺たちは大丈夫だろ？　誰もこんなところまで税金を取りには来ないだろ？」

「徴税吏は来ないかもしれないけど」

改めて自分の置かれた立場を鑑み、トマスの気持ちはしぼんだ。

「州長官は今度こそ本気で、僕らを捕まえようとするかもしれない。森の中でヨーク大司教の金を盗んだり、ノッティンガム城から罪人を逃がしたりしたから……」

これは、自分がノッティンガムで捕えられたことによって生じた危険だった。城下で油断するべきではなかったのだ。

「おい、悲劇の英雄ぶるのはやめろよ、トム」

そのトマスに向かって、レイフが馬鹿にしたような声を上げる。

「おまえの手柄じゃないいんだぜ。俺たちはおまえが来るずっと前から、この森で、通行人を捕まえて金を取ってきたし、仲間が捕まったときには助けに行ってたんだよ。州長官がこれから何をしようと、おまえとは関係ない」

それがレイフなりの気遣いであることは、トマスにもう判っている。トマスは何とか、彼に笑みを向けた。

「森の中にいれば安全だ」

黒い髪を掻き上げながら、ウィルが言う。

「稼ぎは減るかもしれないけどな。だけどそんなこと心配してたってしょうがない。森に鹿がいる限り、俺たちには食うものがある。それで十分だろう?」

ニコラスがおもむろに、自分の弓を取り上げた。

丁寧に弓の弦を張り始める。その手つきは場違いなほど優雅だ。全員の視線が彼に集中したが、彼は意に介さなかった。

そして彼は、仲間たちを見回した。

「いい天気だ。狩りに行こう。トマス、一緒にどうだ？」

トマスは弾《はじ》かれたように立ち上がった。

銀の矢

新緑の鮮やかさと、ひんやりと澄んだ空気が、シャーウッドの森に満ちている。

五月最初の朝日が、木々の間から差し込んだ。レイフはその光を待っていた。仄白《ほのじろ》い光を頼りに目を凝らす。巨木の根元に何かが身を潜めているのだ。兎《うさぎ》よりは大分大きく、鹿ほど注意深くはない生き物が。

彼自身は身を低くしてハシバミの藪《やぶ》の中に身を潜めている。隣には従兄弟《いとこ》のウィル・スケイズロックが、同じ姿勢でしゃがみ込んでいた。赤毛のマッチは彼らと背中合わせに座り、油断なく背後に目を配っている。

巨木の陰に何かがいると最初に気付いたのは、実のところこの赤毛の少年だった。

彼ら三人は森の探索がてら、数日の予定で狩りに出てきていたのだ。初日は獲物に恵まれなかったが、燻製《くんせい》肉やパン、塩漬けの魚と、食料はたっぷりと持参していた。茂みの中では時折ベリーを見つけることができる。日が暮れる頃には小さな火を焚《た》いて、彼らは楽しく夕食を済ませた。その夜は暖かかった。やがて眠りに落ちた彼らは、真夜中に火が消えても気にしなかった。

そして夜明け前、マッチが、二十歩ほど離れた場所に生き物の気配を感じ取ったのだ。

もし火が残っていたら、恐らくその生き物も、こんなにも近くまでは寄って来なかっただろう。そしてもしそれが野生の生き物であったなら、三人の人間が側にいることは、当然察知しているはずだ。彼らを朝食にしようと企《たくら》んでいる狼《おおかみ》の群れかもしれない。咄嗟《とっさ》にそう考えて、マッチは慌てて、レイフとウィルを起こしたのだ。レイフとウィルも飛び起きたが、続く数分で、彼らはその可能性を捨てた。そこにいるのが狼でないことが明らかになったのだ。

何故《なぜ》なら狼は、人間の言葉をぶつぶつ呟《つぶや》いたりはしない。何を言っているのかまでは判然としなかったものの、少なくとも二人の男が会話している声が、彼らの耳にも届いたのである。

次の問題は、それが武装した州長官の手先か、それともただ単に道に迷って野宿しているだけの哀れな旅人なのかということだった。

それを見極めるため、彼らは息を詰めて、辺りが明るくなるのを待ったのだ。もし前者だったなら、その場からそっと逃げ出すつもりだった。彼らは確かに無法者と呼ばれてはいる。森に巣食って旅人を襲う悪党だ。しかし彼らも、避けられる悶着《もんちゃく》にわざわざ飛び込んで行くほど酔狂ではない。これまでにも何度か、彼らを森から駆逐しようと兵士が送り込まれてきたことがあった。だが無法者たちは素早く森の奥深くへ逃げ込んで、一度として、兵士たちが任務を完遂したことはない。

しかしもし、そこにいるのが進むべき方向を見失った遭難者であったのなら、救助の手を差し伸べる用意はある。レイフたちには、自分たちこそ、この森に誰よりも詳しい人間だという自負があるのだ。

朝日の中に、人影がぼんやりと浮かび上がった。

レイフは目を眇《すが》めた。二人の若者が、巨木の根元で身を寄せ合っている。兵士でないことはすぐに判《わか》った。旅の商人や芸人のようにも見えない。むしろ農家の息子か何かのようだ。野宿するつもりなどなかったらしく、二人とも軽装だった。

彼らもまた、朝日を待っていたようだった。レイフたちが見守る中、強張《こわば》った手足を伸ばし、出発の準備を始める。

「ほら、あっちが東なんだから」

朝日を指しながら、一人がそう言っている。

「こっちに向かえば道に出るはずだ」

「まったく、参ったな」

もう一人が溜息《ためいき》交じりに応じる。

「とっとと帰ろうぜ。飾りが間に合わないと、お袋が怒る」

二人の若者はぎくしゃくと立ち上がった。藪に潜む三人の無法者たちには、まるで気付いていないようだ。足元に置かれていた、白い花の付いたサンザシの枝の束を拾い上げる。枝の間には萎《しお》れかけた水仙やエニシダの黄色い花が挟まっていた。

若者たちが花を抱えて木々の間を歩み去るまで、レイフたちは物音を立てずに待った。

若者たちは明らかに近隣の住民だった。この辺りにも、それなりに馴染《なじ》みがあるらしい。周囲の様子が見えるようになった今、あの二人がこれ以上道に迷う心配はないだろう。

「誰だった?」

レイフとウィルが身体を起こしたのを見て、マッチがそう尋ねる。ウィルが両手を広げてみせた。

「五月祭りの飾りを探しに来た、近所の誰かだ。役人でも兵隊でもない」

五月一日の五月祭りには、花の付いた枝を家々に飾る。その花を探しに行くのが、五月生まれの若者たちの役割だ。先刻の若者たちは仕事の途中で日没を迎えてしまい、やむなく野宿する羽目になったのだろう。

安心したマッチが、倒木の上に腰を下ろした。雑嚢《ざつのう》を開けて朝食を見繕い始める。まだ十五歳のマッチは、食べることが大好きだ。油断していると、仲間たちの分まで口の中に詰め込んでしまう。それを警戒して、ウィルはマッチの手元を監視している。しかしレイフは彼らに背を向けていた。若者たちが去った方角をじっと見つめている。

その様子がおかしいことに、ウィルがようやく気付いた。

「レイフ？」

従兄弟の呼びかけに、レイフは振り返った。青い目が大きく見開かれている。

「そう、そうだよ、今日は五月祭りだ！」

少しばかり興奮した声音だった。ウィルは片眉を吊《つ》り上げた。普段は何かにつけて冷笑的なレイフが、こんなふうに目を輝かせているのは珍しい。

「それがどうした？」

「ノッティンガムの城で、芝居やダンスや御馳走《ごちそう》やらの催しが開かれるはずだ」

御馳走の一言に、マッチが燻製肉を咥《くわ》えたままレイフを見上げた。とびきり素晴らしい獲物を見つけたときの顔だ。

だがウィルは疑わしげな眼差《まなざ》しを従兄弟へ投げた。

「それで？　祭り見物に行こうってのか？」

「御馳走が食べられる？　お菓子があるかな？」

マッチが横合いから口を挟む。

「食べられるさ。まあ、ただじゃないがな」

レイフは赤毛の少年へにやりと笑いかけ、そして黒髪の従兄弟へと目を戻した。

「州長官と奥方は客を招く。その客の中に、俺の知り合いがいるかもしれない」

その一言を聞いた途端、ウィルは打たれたように真顔になった。

「――アンセルムか」

暗い口調で呟く。レイフはうなずいた。噛《か》んでいた燻製肉を飲み込んで、マッチが二人の顔を見比べる。

「……アンセルムってあれ？　前にレイフが言ってた……」

「そう」

レイフの大きな口に笑みが浮かぶ。

「彼は州長官の友人だという話だろう？　五月祭りの賓客になっていてもおかしくない」

「でも、州長官の客に、どうやったら会える？」

首を傾《かし》げたマッチに、レイフは自分の長弓を掲げてみせた。

「五月祭りには、城の庭で弓術大会がある。そこに参加するんだと言えばいい」

「――だけどおまえは、ついこの間、あそこで姿を見られてるぜ」

ウィルがそう指摘する。

「しかも、兵士を大勢殺してる」

森の奥に巣を構える無法者の一団に、先日一人の少年が加わった。トマスという名で、明らかに上流の出身だ。しかし本人は自分のことについて語ろうとせず、精一杯、森の住民の中に溶け込もうとしている。最初は誰もが、長続きするはずがないと思っていた。トマスはすぐに嫌気が差して、家に帰りたがるだろうと。森の中で野生の動物のように生きるのと、温かな家で召使いにかしずかれて暮らすのとでは、雲泥《うんでい》の差がある。

だが、無法者たちは間違っていた。トマスは生まれた家のことを口にしなかった。森の生活に耐え、それを楽しんでいることを示した。ノッティンガムの町で運悪く兵士に捕えられたときにも、一緒にいた仲間に助けを求めなかった。それどころか、仲間がいるということを兵士たちに気取られぬよう、立派に振舞ってみせたという。

それを聞いたとき、レイフはトマスを、甘やかされた生意気な貴族の坊やだと考えることをやめたのだ。

ノッティンガム城の牢獄《ろうごく》にいるトマスを救い出しに行く作戦に、レイフは真っ先に志願した。闇に乗じて城壁に上り、その上から、庭にいた兵士たちを次々に狙い撃ちした。城は大混乱に陥り、そのどさくさに紛れて、トマスは無事に助け出された。そして彼らは森へと凱旋《がいせん》したのだ。

あの夜のことを、レイフは思い返した。確かに、従兄弟の言うとおりだ。城壁にいた彼の姿は、城にいた大勢に見られている。

「だけどあれは夜だった」

レイフは言った。

「庭では火が燃えてたが、城壁の上は暗かったはずだ。顔が見分けられたはずがない」

「……」

ウィルが口を噤《つぐ》む。レイフほど確信を持てないでいるのだ。それに彼自身、そしてマッチも、あの夜城内に侵入している。誰かに見覚えられていないとも限らない。

その不安と躊躇《ためら》いを、レイフは察した。

「一緒に来てくれと頼むつもりはない」

ウィルとマッチにそう告げる。

「行きたくないと思う気持ちも判る。だが俺は一人でも行く」

この宣言に、ウィルはじっと、金髪の従兄弟を見つめた。

「本気なのか」

やがて静かに尋ねる。レイフはうなずいた。

「本気だ。アンセルムに会えるかもしれない、絶好の機会だからな」

唇には楽しげな笑みが浮かんでいる。

その裏にどんな感情が隠されているのかを、ウィルは知っていた。マッチも同様だ。

ウィルは黒い髪を掻《か》き上げた。

「――判った、俺も行く」

「俺も」

決然と、マッチが手を挙げる。

「でもさ、その前に腹ごしらえしたほうがいいよ」

赤毛の少年の意見に、年嵩《としかさ》の二人は賛同した。黒パンの塊が分配される。燻製肉も気前よく切り分けられた。レイフは自分の食事にかぶりついた。

いざとなれば一人でも行くと言ったのは、本心だ。だがレイフは、二人が同行してくれることに安《あん》堵《ど》していた。五月祭りに乗り込むという思いつきは急だった。しかし覚悟が決まるまでじっくり待つ時間はない。そしてもし相手を見つけたら、彼は即座に行動に移らなければならない。

だが仲間がいれば、彼は何があってもたじろがずに済むだろう。

アンセルム・オブ・ヨークという男には、是非とも会って話さなければならないことがあった。ことによれば、今日はアンセルムの死ぬ日になるかもしれない。

そして、自分の死ぬ日にも。

❋❋❋

街道に出てしばらく歩くと、前方に羊毛を積んだ荷車が見えた。

深い轍《わだち》に左の車輪を取られ、動けなくなっている。赤い服を着た農夫が後ろから押し、御者台にいる青い服の農夫が必死に馬を励ましているが、荷車が動き出す気配はない。二人も、そして二頭の馬も汗だくだ。

「やあ」

レイフが声を掛けると、赤い服の男が振り返った。荒い息を吐きながら、手の甲で鼻の下の汗を拭う。御者台にいる男も身体をねじって、後ろから来た男たちを見た。

「大変そうだな。手伝ってやろうか」

いかにも人の良さそうな笑顔で、レイフが申し出る。初対面の人間に警戒心を抱かせないのが、彼の特技だ。

二人の農夫は明らかにほっとした顔になった。

「ああ、頼むよ」

御者台の男が、荷車から地面に降り立った。

「がっちりはまっちまって、びくともしねえ」

そしてマッチにうなずきかける。

「そんなら坊主、俺が座ってたところに上がってくれや。おまえさんが一番軽いだろ。俺たちが後ろから押すと同時に、おまえさんが馬を進ませる。いいか？」

「判った」

赤毛の少年は、身軽に御者台へとよじ登った。残る四人は荷車の後ろにそれぞれの場所を占めた。

マッチが舌を鳴らして馬に前進の指示を送る。それを合図に、四人の男が掛け声とともに力一杯荷車を押す。すると荷車は、仔馬のように勢いよく跳ね上がった。呆気《あっけ》ないほど簡単に轍から抜け出し、平らな地面に落ちる。着地の衝撃であちこちから軋《きし》む音が聞こえたが、四人掛かりで点検した結果、壊れた箇所はないようだった。

「やれやれ助かったよ」

青い服の男が、マッチと席を替わりながら言った。

「前にも後ろにも動かなくなっちまってたからな。本当ならもっと早くにノッティンガムに着いて、飯を食ってるはずだったのによ」

無法者たちは顔を見合わせた。

「ノッティンガムに行くのか?」

ウィルの問いに、赤い服の男がうなずく。

「ああ、乗せてってやろうか?」

察しのいい申し出に、レイフは飛びついた。

「そいつは願ってもない」

「じゃ、後ろに乗れよ」

赤い服の農夫は仲間と並んで御者台に座り、三人の無法者はありがたく、羊毛の袋の上へとよじ登った。荷車がゆっくりと動き出す。

無法者たちは、自分たちが持っていた食料を農夫たちに分け与え、革袋に残っていたワインも一緒に飲んだ。二人の農夫は兄弟で、隣同士に家を構え、一緒に羊を飼っているのだという。

「おまえさんたちは、あんなところで何をしてた？」

青い服の兄が尋ねる。

「商人にも巡礼者にも見えんが」

「ノッティンガムの城に行こうとしてたのさ」

レイフは長弓を掲げてみせた。

「ほら、弓術試合があるだろ？　あれに出てみたくてね。腕試しさ」

「優勝したら、銀の矢がもらえるとかいう、あれか」

赤い服の弟がにやりと笑った。

「まあ、せいぜい頑張りな。だけど聞いた噂《うわさ》じゃ、優勝者は帰り道に襲われて、賞品を分捕られちまうらしいぜ」

「泥棒が出るのか？　そりゃ怖いね」

ウィルが問い返す。

「シャーウッドの森に住んでる、無法者たちとか？」

言葉とは裏腹に、金髪の従兄弟を肘で小突いたその顔は、大いに面白がっている。

「いやいや、そうじゃないよ」

乗客を振り返った兄のほうが、遠くに見えてきたノッティンガムの城の方角を指した。

「州長官のお抱えの兵士たちさ。そうしておけば、次の年も同じ銀の矢を賞品にできるだろう？」

荷車に乗っていた全員が笑った。

ノッティンガムに近付くにつれて、街道にも人が多くなってきた。羊毛の上からその様子を眺めていたレイフは、ふと、御者台の兄弟に視線を落とした。

「そうだ。なあ、俺たちの服を、あんたたちのと交換してくれないか？」

「はあ？」

驚いた兄弟が、同時に首を捻《ね》じ曲《ま》げてレイフを見る。驚いたのは、ウィルやマッチも同じだ。だが彼らは長年の経験から、レイフのすることに下手《へた》な邪魔は入れないことにしている。レイフにはいつも彼なりの思惑があり、たとえ突拍子もないものに聞こえたとしても、それは大抵《たいてい》うまくいくのだ。

「そう、俺の外套《がいとう》と、こいつのと」

レイフは隣にいるウィルの外套を引っ張った。

「多少くたびれちゃいるが、悪い品じゃないぜ。どうだ？」

「何のために？」

弟のほうが、面食らった顔で尋ねる。レイフは大きな笑みを浮かべた。

「目立ちたいのさ！」

羊毛の上から朗らかに叫ぶ。

「これから城の弓術大会に出るんだ。まあ、服で弓を引くわけじゃないが、大勢の参加者の中に埋もれたくないんだよ。ご婦人がたの気を惹《ひ》くためには、まず目立たなくちゃな。最初にあんたたちを見掛けてからずっと、こう思ってたんだ——こんな服なら文句なく、注目を集めるだろうってね。気付いてたかい、あんたたち？　あんたたちが二人並んでると、旅芸人なみに目立ってるよ」

兄弟は互いに顔を見合わせ、それから自分の服と相手の服とを見比べた。

「……まあ、そりゃそうかもな」

兄が渋々認める。レイフは弓をマッチに渡し、外套を脱いだ。兄弟の間にぶら下げる。

「ほら調べてくれよ。具合の悪い所なんか一つもないぜ。ただ、色が地味だってだけでね」

レイフが自分で言うように、その灰色の外套は兄弟が着ているものよりはるかに上等な品だった。何しろ、かつては金持ちの騎士が身に着けていたものなのだ。その騎士は不用意にシャーウッドの森を横切ろうとし、無法者たちに捕まった。そして森を去るときには、外套と、財布の中身の半分を失《な》くしたのだ。以来、レイフがその外套の持ち主となっている。

兄弟は仔細《しさい》にレイフの外套を調べ、続いて、ウィルの外套も調べに掛かった。ウィルの外套も、似たような経緯で彼のものになった品である。こちらは茶色がかった緑色だ。

兄弟はうなずき合い、自分たちの外套を脱いだ。彼らはほとんど躊躇《ちゅうちょ》しなかったが、その理由は明らかだ。兄弟の外套はどちらも、使い古されてすり減り、ほころびや穴が幾つもあった。

「帰ったら女房はびっくりするだろうが」

ウィルの外套を着込んで、弟が言う。

「構やしないさ。中身はおんなじ、俺なんだからな」

「いや、どうかな」

兄のほうが、レイフの外套を羽織りながら人の悪い笑みを浮かべる。

「もしかしたらジョアンは、どうして中身のほうを取り換えてこなかったんだって怒るかもしれないぜ」

彼らは笑った。そして、レイフが青い服を、ウィルが赤い服を着るに至って、マッチがさらに、腹を抱えて笑いだした。彼らがその派手な二色を身に着けると、兄弟が着ているとき以上に滑稽に見えたのだ。

「やあ、こうやって改めて見ると、なかなかのもんだったんだな」

弟がしみじみと言う。兄もうなずく。

「自分じゃ気付かなかったけどな」

ウィルは笑いの止まらぬ少年の背中をどやしつけたが、レイフのほうは仮装の出来栄えに、至極満足していた。観念したような顔でウィルが赤い外套のフードを引き下ろすのを、にやつきながら眺める。

間もなく荷車はノッティンガムの町に入った。

兄弟とはそこで別れた。彼ら二人の行く先は、城の中ではなかったのだ。

「幸運を祈るよ」

別れ際、兄が言った。

「もし銀の矢をもらったら、家に飾っておこうなんて考えずに、すぐに売っ払っちまいな！」

レイフは長弓を振ってそれに応えた。

「肝に銘じとくよ！」

荷車を見送って、無法者たちは城へ向かった。

五月祭りのために、家々は溢《あふ》れんばかりの花で飾られ、城下は人や荷車でごったがえしている。だがどれほどの人がいようと、マッチが、レイフやウィルを見失うことはなかっただろう。赤と青の二人連れは、悪目立ちすることこの上ない。

「馬鹿みたいに目立つよ」

マッチは年嵩の二人に指摘した。

「何だってそんな格好《かっこう》したがるんだか、俺には判らないな」

「どうしてかというとな、マッチ」

青いフードの下から、レイフの青い目が少年に笑いかける。

「これを着てれば、誰も俺たちを見ないからだ」

「みんな、あんたたちをじろじろ見てるよ」

「いいや、みんな、俺たちの服を見てるだけだ。それを誰が着てるかなんてことは、考えもしない。ましてや、森の無法者がこんな目立つ格好で町に出てくるなんて、夢にも思わない」

「――そうだといいな、だろ？」

ウィルが口を挟んだ。マッチを見下ろし、片目をつぶってみせる。

「何たって俺たちは、あのとき城の連中に顔を見られたわけだからな。誰も俺たちの顔を覚えてないことを祈ろうぜ」

「もし、本物の目玉と確かな記憶力を持っている奴がいて、俺たちを見分けちまったら」

マッチの肩を乱暴に引き寄せて、レイフが花で飾られた城壁を指した。

「俺たちは多分、花と一緒にあそこへぶら下がることになるな。五月祭りの最高の余興になるだろうよ」

少年はしかし、この脅しを怖がらなかった。風に乗って漂ってくる、菓子の甘い香りへと首を伸ばす。

「俺を追い払おうったって駄目だよ、レイフ」

あっさりと言ってのける。

「あんたたちが二人並んであそこから吊るされたら――俺はうまく逃げるけど――そしたら、俺が森に知らせを持って帰らなくちゃならないからね。それに、あそこで蜂蜜のタルトを売ってるし。あれを食べずに帰るわけにはいかないよ！」

少年はタルトの屋台へと走り出し、レイフとウィルは慌ててその後を追う羽目になった。

＊＊＊

城の中庭では、弓術試合の準備が整えられていた。

試合に参加する者、見物人、そして彼らに食べ物や飲み物を売る人々で賑《にぎ》わっている。兵士たちの姿もあったが、幸い誰も、赤と青の派手な身なりの男たちと、その後ろについて歩いている少年の顔を見覚えている様子はない。

高い場所にしつらえられた観覧席は、花と色とりどりのリボンで飾られていた。その中央、誰からもよく見える場所に麗々しく飾られているのが、賞品の銀の矢だ。日光を浴びて、白く光っている。実用品ではないが、美しい。武装した三人の兵士が、この矢を守るためだけに配置されている。

観覧席の上では、貴族の男女が数人、立ったまま談笑していた。

しかし州長官やその家族はまだ姿を見せていない。レイフはそれを見て取った。州長官がそこにいれば、警備の兵士が観覧席の周囲にずらりと並ぶはずだ。州長官たちが競技者たちの前に現れるのは、後刻、試合が面白くなってからのことになるのだろう。まずは、数多くの挑戦者がふるいに掛けられるところから始まるのだ。

観覧席の裏手へと、三人はぶらぶら歩いていった。

観覧席へ続く階段の下に、神経質そうな若者が立っている。見たところ、下っ端の役人といったところだ。手にインクの染みがついている。今日はお偉方の世話係に駆り出されているが、普段は書き物机の前で多くの時間を過ごしているのだろう。

「こんにちは」

レイフが愛想よく声を掛けると、若者は困惑した顔で振り返った。

「何か？」

胡散臭《うさんくさ》げな眼差しで、派手な二人連れを見やる。その後ろにいたマッチには気付きもしない。

「叔父を捜してるんだ」

快活に、レイフは続けた。

「サー・アンセルム・オブ・ヨークだ。来てないかな?」

騎士の称号を耳にしたためか、若者の態度が少しばかり固くなる。

「僕は知りません」

だが彼の返事はつれない。レイフは畳み掛けてみた。

「州長官殿のお客の中に混じってるんじゃないかと思ったんだが」

若者はかぶりを振った。

「僕は招待客のことについては知りません。ただ、ご婦人がいらしたら階段を上るのに手を貸してやれと言われてるだけなんです」

その言葉に嘘《うそ》はなさそうだった。レイフは礼を言い、別の誰かを捜しに行こうとした。

そのとき、角笛の音が響き渡った。

中庭に人が集まっていく。弓術試合が始まるのだ。

「おまえは競技場に行けよ」

ウィルが従兄弟の背中を押した。

「弓を持ってるのに試合に出ないなんて、不自然だろう」

実際、長弓と矢筒を携えていながらあらぬ方へ向かおうとしたレイフに、警護の兵士が不審そうな目を向けている。

「ああ、でも……」

「おまえがそっちを片付けてる間に、俺が訊《き》いて回ってみるよ」

ウィルの提案に、しかしレイフは躊躇った。

派手な赤い服を着た彼の従兄弟は、一人でいても間違いなく目立つ。それが目くらましになると考えたのは確かだ。だがもし万が一、自分が呑気《のんき》に的を狙っている間に彼が捕えられでもしたら、後悔してもしきれない。

「──ウィル」

「大丈夫だって。心配するな」

従兄弟の心を読んだように、ウィルがその腕を叩《たた》く。

「アンセルムがここにいると判ったら、すぐにおまえにも教えてやるよ。おまえはそれまで、的当てを楽しんでろ」

「銀の矢をもらっていこうよ」

菓子の屑《くず》を口元にくっつけたまま、マッチが気楽に言った。

「どうせなら一番を取って、ノッティンガムの州長官にひと泡吹かせてやろうぜ。あいつ、トムを縛り首にしようとしたんだ」

少しばかり面食らって、レイフは少年を見下ろした。

実のところ、彼にはまともに弓を引く気などなかったのだ。ここへはアンセルム・オブ・ヨークを捜しに来たのであって、弓の腕を競いに来たのではない。競技者は一試合ごとに三本の矢を射ることができるが、最初の三本をわざと外せば、彼は敗者として見物人の側に回ることができる。そして、アンセルムを捜しに行ける。

しかし少年の言い分にも一理あると、レイフは思った。

州長官としては、自身の配下の者か、でなければ招待客の身内に銀の矢を贈呈したいところだろう。どこの馬の骨とも知れぬ輩《やから》に栄誉と賞品を渡さなければならぬ結果になれば、心中穏やかではいられないはずだ。一方、レイフが州長官の思惑を台無しにしてやったと知れば、森の仲間たちは喜ぶだろう。

ウィルはマッチの案を愉快だと思ったようだった。

「じゃあ、そういうことにしよう。レイフは試合で優勝して州長官の鼻を明かす。俺とマッチはアンセルムを捜す。いいな？」

いとも簡単に言ってのける。レイフは二人の仲間を見比べた。二組の目が真《ま》っ直《す》ぐに見返してくる。どちらもレイフが銀の矢を取れると信じて疑っていないようだ。

それが、レイフの力となった。彼はうなずいた。

「――決まりだ」

ウィルとマッチが巧みに人混みの中へ割り込んでいくのを、レイフは見送った。そして踵《きびす》を返す。

中庭には大勢の腕自慢が、それぞれの弓矢を持って集まっている。丸い的が十ばかり並べられ、それを各々が三回ずつ狙うことと定められていた。成績の良かった者が、次の試合へと進むことができる。

兵士たちによって適当に選ばれた十人の射手が、的に狙いを定める。矢が放たれる。見事的の中央に当たった矢もあれば、大きく外れてあらぬ方へ飛んで行ってしまった矢もある。見物人が歓声や野次を飛ばす。

自分の順番を待つ人の群れに交じり、レイフは横目で、高い位置にある観覧席を見やった。いずれそこに、州長官が、奥方やその他の取り巻きを伴って現れる。その中にはアンセルム・オブ・ヨークの姿もあるかもしれない。

だが今は、大人しく待つしかないのだ。

彼は弓にもたれかかり、試合の模様へと目を戻した。

❊❊❊

ウィルとマッチが最初に捕まえたのは、酔っ払った貴族の若者だった。

酔っ払いは、城の下働きの娘にちょっかいを出そうとしており、それで彼らの目に留まったのである。使いの途中だったらしい娘は、若者に腕を取られていかにも迷惑そうだった。

「やあ。サー・アンセルムがどこにいるか知らないか?」

ウィルが声をかける。赤い服の男に、まるで旧知の仲であるかのような口調で気易《きやす》く話しかけられ、貴族の若者は当惑して顔を振り向けた。その隙に、娘が彼の手から逃げ出し、そそくさと建物のほうへと消えていく。

可愛《かわい》い獲物に逃げられ、若者の酔眼に苛立《いらだ》ちが閃《ひらめ》いた。怒鳴り散らそうと開けかけた口が、しかし言葉を発しないまま閉ざされる。耳に入った騎士の称号が、彼の理性を僅かなりと呼び覚ましたらしい。

ウィルには、酔った若者の心の内を、手に取るように透かし見ることができた。

目の前の赤服の男は、どう見ても自分より身分が高いようには見えない。だが見た目通りの卑しい身分の男が、自分に馴《な》れ馴《な》れしい口をきくなどということが有り得るだろうか。みすぼらしい身なりはただの見せかけで、実は自分よりも地位の高い人間なのだろうか。だとすれば、無礼な態度で応じるのはまずい――。

「……誰だって?」

結局若者は、用心深い口調で問い返してきた。そうしながらも、この赤い服の男が何者か、そしてサー・アンセルムとは何者か、一生懸命頭を捻《ひね》っている。

ウィルは若者の懊悩《おうのう》を無視してのけた。この場合、真実を告げてもいいことはない。いかにも辛抱強い顔つきで繰り返してやる。

「サー・アンセルム・オブ・ヨークだ」

なおもしばし考え込み、若者はふらふらとかぶりを振った。

「知らないな。会ったことはない……多分」

自分がその名前を知っていて然《しか》るべきなのか否か、確信が持てないらしい。目の前にいる赤い服の男と少年が何者なのかを見極めようと、目の焦点を合わせようと努力している。

しかしウィルは、相手に顔を覚えられる前に退却を決めた。

「そうか、邪魔したな」

言い捨てて、身を翻す。相手はぽかんとしたまま、ただウィルの後ろ姿を見送った。年嵩の仲間に、マッチが小走りについてくる。

「アランだったら、助けた女の子と、ついでに仲良くなってたよ」

賢《さか》しらに批評する。いかにもありそうなことだと、ウィルはうなずいた。南フランス風のアランの容貌と甘い猫撫《な》で声に、イングランドの娘たちはいとも容易《たやす》く引っかかる。

「そうだな。だけど俺たちはアンセルムを捜しているのであって、女の子と仲良くなりにきたわけじゃない」

マッチはにやりと笑ったが、意見の表明は避けた。

それから彼らは、何人かの人々を捕まえて、アンセルム・オブ・ヨークが来ているのかどうかを尋ねて回った。

答えは得られなかった。

❇❇❇

動かぬ的は、レイフにとってはあまりにも簡単だった。

二百人以上いた挑戦者は、最初の挑戦で半分に絞られ、今はさらに、その半分以下になっている。レイフは楽々と勝ち進んだ。回を追うごとに的は数歩遠ざけられたが、彼にはどうということもなかった。彼はいい目をしており、自分と的の距離を正確に見定めることができる。そして天賦の才で、放たれた矢が空中に描く弧の形を読むことができる。この日は穏やかな晴天で風もなく、矢を的の中心に集めることは造作もない。

隣にいた男の矢が、的の縁に弾《はじ》かれた。観衆の間から、失望の溜息が漏れる。これでこの男は脱落したのだ。

他の者は矢を的に当てた。だが全員が、的の中心を射抜けたわけではない。それぞれが三本の矢を射たところで、しかつめらしい顔つきの役人が書記を引き連れ、成績を見定めるために的を調べて回る。

挑戦者が十人にまで絞られたところで、昼食のための休憩が告げられた。

もちろんレイフは、十人の中に含まれている。そして観客からは、銀の矢に最も近い競技者だと目されつつある。レイフの矢はこれまでのところ、的の中心から指の幅三本以上外れたことがない。

参加者や見物人が、競技場から三々五々散っていく。レイフは周囲を見回した。的から意識が逸《そ》れるや、ここに来た本来の目的に引き戻される。

ウィルとマッチの姿は見えなかった。つまり彼らはまだ、アンセルムを見つけ出せないでいるのだ。

レイフは屋台で肉のパイを買った。

一口かじったところで、彼は、そこに居合わせた腹回りの太い男から声を掛けられた。一見したところ、羽振りの良い商人か何かのようだ。

「やあ、見てたよ。あんた凄《すご》いな。銀の矢をもらえそうじゃないか」

口の中のものを飲み込みながら、レイフは相手へ目くばせしてやった。

「きっとそうなるだろうよ」

自信に満ちたレイフの返事に、相手は声を上げて笑った。そして彼をエールの屋台まで導いて行き、一杯奢《おご》ってくれた。エールの出来は、アランがどこかから買ってくる極上のエールには遠く及ばなかったが、レイフはありがたくそれを受けた。薄暗い森の中で暮らしている彼にとって、青空の下で大勢の人と花に囲まれて摂《と》る食事は、それだけで特別に楽しめるような気がした。味など二の次だ。

彼らは人混みの中、立ったままエールを啜《すす》った。

「銀の矢を取ったら」

奢ってくれた男は、観覧席に掲げられた賞品を片手で指した。

「ロビン・フッドに盗まれないように用心しなきゃな」

得々と、レイフに言い聞かせる。

カップを口に運びながら、レイフは片眉を上げた。

彼にとってはまったく覚えのない名前だった。しかし銀の矢を盗む輩がいるという話は、すでに農夫の兄弟から聞かされている。ロビン何某《なにがし》というのが、その、州長官の手先の名前なのかもしれない。

「誰なんだ、そいつは？」

尋ねてみると、相手は驚いたような顔になった。

「知らないのか？　シャーウッドの森で強盗を働く悪党さ」

口の中のエールを噴き出しそうになり、レイフは危ういところで咳き込むのをこらえた。

シャーウッドに住む悪党とは、まさに自分たちのことだ。だが彼らの仲間に、ロビンという名の男はいない。似たような名前の男にも心当たりがない。

「聞いたことがないな」

正直にそう漏らすと、相手はにんまりと笑った。新しい友人の無知を喜んだようだ。自分の知識を披露することが大好きで、常にその機会を待っているのだろう。

「さてはおまえさん、ノッティンガムの人間じゃないな？」

レイフが認めると、太った男は心得顔にうなずいた。

「もちろんそうだろうよ。ノッティンガムの人間なら誰でも知ってる名前だ。今や有名人だよ、ロビン・フッドの奴は。以前から森で悪さをしてたんだが、この間の夜なんか、大胆にも仲間を連れて、この城に乗り込んできたんだ」

男が言っているのは、自分たちがトマスを牢から救い出した、あの夜のことだろうと、レイフは当たりをつけた。もしかしたらこの男は何かを知っていて、自分に鎌をかけているのではないかという疑惑が頭をもたげる。

「あんたそのとき、ここにいたのか？」

何気ない口振りで問い掛けると、男は、残念そうに首を横に振った。

「いや、これは、翌日に知り合いから聞いた話さ。俺は女房と家で寝てて、騒ぎには全然気付かなかった。だが、確かな話だよ」

「へえ」

レイフはほっとして相槌《あいづち》を打った。自分の身元が割れたという心配は、ひとまず脇へ置いておいても良さそうだ。

男は無邪気に話し続ける。

「ロビン・フッドとその一党は、夜陰に乗じて城に攻め入ってきたんだ。兵士を殺し、金品を巻き上げようって魂胆だったんだな。大胆不敵な奴らだ」

いつの間にか、そういうことになっているらしい。レイフは熱心な振りで、浮かびそうになった苦笑を誤魔化した。

「城から何か盗んだのか?」

「金や宝石を盗み、囚人を逃がし、立派な身分のご婦人に卑猥《ひわい》な言葉を投げ掛けたという話だ」

「そいつはひどい」

レイフは思わず声を上げて笑ってしまった。相手も可笑《おか》しいと思ったらしく、レイフにつられて笑い出す。

「まあ、ご婦人の件については無実かもしれない。それは認めるよ。あんな夜半、盗賊どもから気易く声を掛けられるような場所に、立派な身分のご婦人がいたとは思えないからな」

レイフはうなずいた。

「それで、ロビン・フッドってのは、どんな奴だったって? 俺も、シャーウッドの森に盗賊が住んでるって話は聞いたことがあるが、どんな風体なのかは知らなくてね」

「いや実は、そこが問題でね」

太った男は、曖昧に片手を振ってみせた。

「悪党が仲間をロビンと呼んだのは大勢が聞いてるんだが、どの男がロビンだったのかについては、今はまだ意見が分かれてる」

　レイフは眉を吊り上げた。

「意見が分かれてる？　どうして？　ロビンと呼ばれて、返事をしたのがロビンじゃないのか？」

　あのとき返事をした者はいない。まさにあの襲撃のただ中にいたレイフは、それを知っている。だが一方で、ロビンと叫んだ者がいたことは確かだ。あの瞬間は、何故か空気が凍りついたように感じた。レイフはそれをはっきりと覚えている。

「それが、誰が返事をしたのかがどうもよく判らないらしくてな」

　困ったものだと言わんばかりに、男は嘆息した。

「牢から助け出された、奴らの仲間こそがロビンだという者もいれば、壁の上から矢の雨を降らせていた男がロビンだという者もいる。壁の上から兵士を狙い撃ちしてた男は二人いたんだが、しかし見た者の話じゃ、どっちがどっちだか見分けがつかなかったらしい。おまけに、牢から逃げた男も、その二人によく似ていたらしいんだな。ややこしい話だよ。はっきりしてるのは、ロビンという名前だけだ」

「三人のうちのどれかがロビンか」

　内心で大笑いしながら、レイフは真面目な顔を取り繕った。

　牢から救い出されたトマスも、壁の上から兵士を狙った自分とニコラスも、ロビンなどという名前とは関わりがない。だがもちろん、ここで誤解を解く気は毛頭ない。

「でも名前が判ったところで、見分けがつかないんじゃ、捕まえようがないな」

「悪党どもはフードを被《かぶ》って顔が見えなかったわけだしな」

男はエールを飲み干した。

「それで、ロビン・フッドという名前が皆の間に広まることになったわけさ。フードを被ったロビン——うん、謎めいてるな。そこが面白いところでもある」

人の噂というものがどのように独り歩きして行くかについて、レイフは好奇心を掻き立てられた。恐らく森の仲間たちも興味を持つだろう。ロビン・フッドという名前が、彼らにとって隠れ蓑《みの》になるかどうかは判らないが、敵に間違った標的を与えておくのは、なかなかいい考えのように思われた。

そのとき、角笛が鳴った。試合再開の合図だ。

レイフは太った男に礼を言って、空になったカップを屋台に返した。競技場へ戻るレイフの背中に、男は幸運を祈ってくれた。

勝ち残った十人が競技場へ集合すると、兵士が彼らを観覧席の前へと連れて行った。横一列に整列させる。これから何が行なわれるのかをレイフは悟った。彼ら十人は、弓術競技大会の主催者である州長官夫妻に、謁見する栄誉を賜ったのだ。

トランペットが華々しく吹き鳴らされ、観客たちの注意を引いた。

高い観覧席の上に、州長官ウィリアム・ド・ウェンデナルが、遂《つい》に姿を現した。祭りのために盛装している。彼は同年輩の、人の良さそうな奥方の手を取っていた。奥方も着飾り、みずみずしい花の冠を頭に載せている。彼らと共に、数人の男女が観覧席へと上がってきた。州長官の客たちだ。その中には、サー・アンセルム・オブ・ヨークもいたかもしれない。

だがレイフは、アンセルムの顔を知らなかった。

その事実に、彼は歯嚙《はが》みした。判っているのはアンセルムの名前だけだ。目の前に憎い敵がいるかもしれないというのに、彼はそれを見定められないのだ。

レイフはウィルを捜した。もしかしたら、従兄弟が首尾よくアンセルムの姿形を突き止めているかもしれない。

だが群衆の中に、あの目立つ赤いフードを見つけることはできなかった。どうやらまだ、捜索の成果は上がっていないらしい。

重々しい威厳を漂わせながら、州長官が観覧席の中央に進み出る。人々の目が彼に向けられる。

レイフもそちらへ注意を戻した。これが、トマスのような子供に、冷徹に絞首刑の判決を下した男の顔かと、彼は興味深くその造作を眺めた。とはいえ、それが州長官としての彼の務めであったことは承知している。シャーウッドの森で強盗を働く悪党に対して、彼が温情を掛ける理由もない。

だからといってレイフのほうにも、彼に好意を寄せる理由はなかった。もしそれが森で暮らす仲間たちの助けになるというのなら、機会があり次第、州長官の心臓を矢で射抜いてやってもいい。良心の呵責《かしゃく》など、自分は一欠片《ひとかけら》も感じないだろう。

州長官は、居並ぶ十人の射手たちを見渡した。無関心そうな眼差しだったが、その目の奥に一瞬だけ、鋭い光が宿ったのを、レイフは見たと思った。嫌な感覚が頭の隅を過《よぎ》ったが、しかしその意味は判らない。

「諸君はいずれ劣らぬ弓矢の名手だ」

観客たちにも聞こえるように、州長官は声を張り上げた。

「皆の前で、諸君はそれを証明した。これより、最後の試合を行なう。銀の矢を賭けた勝負は、我々の目を大いに楽しませてくれると信じている。神のご加護を」

周囲にいた人々から、拍手と歓声が湧き起こる。射手たちは州長官とその夫人に頭を下げ、それから的に向かった。

的は、午前の試合よりさらに遠くへ置かれている。レイフにとっては、ようやく挑戦しがいのある距離になった。

弓に矢をつがえる。的に集中すると、アンセルムのことも、州長官のことも、頭から消えた。

レイフはただ矢の飛ぶ先のことだけを考えた。そして矢を放った。

❇❇❇

その頃、ウィルとマッチは城の厨房《ちゅうぼう》に近付いていた。

大きく開け放たれた扉から、中の様子が見て取れる。客をもてなすための昼食が終わり、厨房では、後片付けと使用人たちの食事が同時に行なわれていた。貴族たちの残り物は豪勢で、使用人たちも嬉《うれ》しそうにそれを頬張っている。

目の色を変えたマッチを、ウィルは片手で押さえた。

「俺たちはここへ御馳走《ごちそう》を食べに来たんじゃない」

低い声で釘《くぎ》を刺す。

「よだれを垂らしたりするなよ。物欲しそうな顔をしたら、物乞いと間違われて追っ払われちまう。だがサー・アンセルムを捜している限り、誰も俺たちを邪険に扱えない」

「判《わか》った」

マッチはうなずいた。だが首を伸ばして炙《あぶ》り肉の残りを見つめることはやめられないようだ。

それについては黙認して、ウィルは、出入り口の外に置かれたベンチへと向かった。でっぷりと太った男が座っている。傍らには、食べ終わった後の食器が積まれていた。てっぺんには羊の肋《あばら》が数本、綺麗にしゃぶりつくされ、並べられている。

汚れた前掛けと、腕にある大小様々な火傷《やけど》の痕を見るに、彼が料理人であることは間違いなさそうだった。様子からして、ここでは古株のようだ。

ウィルは料理人に挨拶した。

「やあ。休憩中に邪魔して悪いが、人を捜してるんだ」

丸い赤ら顔の中にある黒い目が、胡散臭《うさんくさ》そうにウィルとマッチを見やった。

「俺の叔父が来てないかな。サー・アンセルム・オブ・ヨークだ」

レイフが最初に吐《つ》いた嘘《うそ》を、ウィルはそのまま流用することにした。もしアンセルムがレイフの叔父だとすれば、理屈から言えばウィルの叔父でもあるはずだ。

太った料理人は、他の者たちとは違い、アンセルムの称号に何の意味も見出《みいだ》さなかったようだった。

「さあね」

素っ気なく呟《つぶや》く。

「サー・アンセルム？」

代わりに応じたのは、厨房から鍋を抱えて出てきた女だった。髪は灰色で、顔には深い皺《しわ》が刻まれているが、痩せた身体は強靭《きょうじん》そうだ。鍋の中の汚水を地面へとぶちまける。

「あんたがサー・アンセルムの甥《おい》だって？」

じろじろとウィルを観察する。ウィルは内心で快哉《かいさい》を叫んだ。彼女こそ、アンセルム・オブ・ヨークを知る人物なのだ。ようやく見つけた。

だが、手放しに喜べる状況ではない。ウィルは少しばかり緊張した。彼女がアンセルムと知り合いならば、彼に自分のような甥などいないことも知っているかもしれない。

「ああ、言いたいことは判るよ」

ウィルは機先を制した。

「確かに俺は、サー・アンセルムの甥には見えないよな――というより、騎士の身内がいるようには見えないよな。俺の生まれた家はただの農家だ。だがお袋がサー・アンセルムの妹なのは間違いない。まあ、異母妹ってやつだけど……いわゆる庶出のね」

もちろん口から出まかせだ。しかしこのでたらめには、それなりに説得力があったらしい。女は納得したようだった。

「それで、あんたの名前は？」

女が尋ねる。不審に思われたくなければ、ここで答えを誤魔化すわけにはいかない。

「トマス」

咄嗟《とっさ》に口を衝《つ》いて出たのは、仲間になったばかりの少年の名前だった。貴族にも庶民にも人気の、実にありふれた、そして安全な名前だ。マッチがにやりと笑ったのが、視界の隅に映る。

「ああ、そう」

女はあっさりとうなずいた。幸い、アンセルムの家族について詳しく知っているわけではないらしい。あるいは、アンセルムには実際に、トマスという名の甥がいるのかもしれない。

ウィルは言い足してみた。

「叔父とは長いこと会う機会がなくてね。今日ここで会えるかもしれないと思ってたんだが」

女はぶっきらぼうだったが、親切だった。

「そうかい、残念だったね。彼は来ていないんだよ」

「てっきり、州長官殿に招待されたものと思ってたんだが」

食い下がったウィルに、女はかぶりを振った。

「招待はされたかもしれないがね。ほら、ジョン王子が反乱を企《たくら》んでるって噂《うわさ》があるだろう？　用心のために出兵してるのさ」

「何てこった」

大袈裟《おおげさ》に、ウィルは空を仰いでみせた。

「そんなことも知らされてないなんて！　何のために甥がいると思ってるんだ、叔父さんときたら。

荷物持ちでも馬の世話でも何でもしたのに」

そう言ったものの、ウィルの胸の内では落胆の中に安堵《あんど》が混じり合っていた。アンセルムとの対決を待ち望んでいたレイフはがっかりするかもしれないが、ウィルとしては、レイフには、早まった真似《まね》をして欲しくなかったのだ。レイフがこの城でアンセルムに危害を加える事態になれば、十中八九、レイフが生きて森に帰ることはないだろう。レイフはそれでも構わないと言うかもしれないが、ウィルには違う意見がある。

女は、呆《あき》れたように溜息《ためいき》を吐いた。

「まったく、男ってのは、争いごとで頭が一杯だね」

「甥っ子を呼ぶまでもないと思ったんだろうさ。まあ、今のところはな」

口を挟んだのは、座って二人のやり取りを聞いていた料理人である。

「ジョン王子だって、本気で反乱を起こすとは限らないからな」

「どうだかね。あの家の人たちはすぐに剣を振り回したり兵隊を集めたり、とにかく派手なことをやらかしたがるよ」

女は鼻を鳴らして、厨房の中へ戻って行った。料理人は改めて、ウィルを眺めた。

「なあ、自分が役に立つってことを叔父さんに見せたいのなら、ここで働くのはどうだ？」

意外な言葉に、ウィルは片眉を吊《つ》り上げた。

「俺に州長官の料理人になれって？」

顎で厨房を指す。男は馬鹿にしたような笑い声を立てた。

「いや、料理人になるってのは、そう簡単じゃない。そうじゃなくて兵士としてさ。この城には、守りを固めるための兵士が足りなくてね。この間も、無法者が城の中に入り込んだんだよ。まったく物騒な話だ」

目を輝かせながら、マッチが顔を突っ込んでくる。

「へえ、無法者？　どんな奴らだった？」

自己顕示欲が頭をもたげたのだ。踏み込みすぎれば危険な話題だったが、ウィルはマッチを止めなかった。彼自身、返事に興味があったのだ。

料理人は、子供を咎《とが》めるように顔をしかめた。

「森に住んでる連中さ」

曖昧に片手を振る。

「汚らしい獣みたいな奴らだ。夜中に壁を越えて押し入ってきた。俺は、逃げてく姿をちらりとしか見てないがな。ぐっすり寝てたところを、騒ぎで叩《たた》き起こされたよ」

そして、ふと思いついたように付け加える。

「何でも、中の一人はロビン・フッドとかいう名前らしい」

ウィルとマッチはぽかんとして顔を見合わせた。

「本当に？」

ウィルが思わず呟く。

「でもどうして、森に住んでる無法者の名前が判ったんだ？」

「さあねえ」

森に潜むむさ苦しい犯罪者について、料理人は、あまり関心を抱いていなかったらしい。ウィルに問われて初めて、その理由を考え始めた。

「その前の日に捕まった奴がいたんだ。無法者の一人でな。そいつが自分の名前を白状したんだろう――多分な」

「へえ」

マッチが鼻白んだような顔になる。捕まったトマスが、そんなおかしな名前を名乗ったはずがない。

「あの夜、兵士が何人も死んでな」

料理人は構わず続けた。

「城の守備がますます手薄になっちまったんだ。おまえさん、腕っ節はどうだ？」

もし自分が兵士になったら、と、ウィルは皮肉な気分で考えた。

そうなれば、立場を利用して仲間たちを手引きし、前回以上に容易《たやす》く城内へ侵入させられるだろう。

次に仲間の一人が牢に繋《つな》がれたときのために、この手は覚えておいたほうがよさそうだ。

「どうだろうな。だけど考えておくよ」

手を振って、ウィルはその場を離れた。炙り肉に名残惜しそうな眼差《まなざ》しを送って、マッチが後をついてきた。

＊＊＊

競技者は、四人にまで絞られていた。

青いフードを目深に被《かぶ》ったレイフは、悠々とそこに勝ち残っている。的は、目を眇《すが》めなければよく見えないほどに遠い。矢が一本放たれるごとに、目のよくない観客が、どこに当たったのかと周囲に尋ねている声が聞こえる。

共に勝ち残っているのは、城の兵士と、リンカーン司教お抱えの猟師、そして招待客の若い従者である。州長官としては自分の兵士に勝たせたいところだろうが、生憎《あいにく》この兵士は、的が遠くなるにつれ緊張が高まり、今ではしきりに唇を舐《な》めるようになっていた。

年季の入ったリンカーンの猟師は、冷静沈着だった。たとえ的が突然動き出したとしても、彼は眉一つ動かさずにそれを射抜いてみせたことだろう。だがそれはレイフも同じだ。

若い従者は疲れている。弓を引き絞る手が震え始めているのを、レイフは見て取っていた。的の中心を狙うための時間が長くなり、そのことに耐えられなくなってきている。

自分の矢を三本とも的の中心に当て、他の競技者を眺めていたレイフは、ふと、赤いフードを被った従兄弟《いとこ》がすぐ側に来ていることに気付いた。マッチも一緒だ。大きく口を開けて、木の実の入った菓子にかじりついている。

レイフの視線を捉えたウィルが、彼を小さく手招きした。レイフは競技仲間の列から抜け出した。

「見つけたか？」

低い囁《ささや》きに、ウィルはかぶりを振った。

「奴は今日ここにいない」

やはり声を落として応じる。

「ジョン王子の反乱に備えて、どこだかに行ってるって話だ。今日のところは諦めろ」

「でも、あっちのほうは諦めることないよ」

手に持った菓子で、マッチが銀の矢を指し示す。

「なかなかいい調子じゃないか」

「まあな」

レイフはにやりと笑ってみせた。顎で他の競技者を指し示す。

「いい服を着てる若いのは、そろそろ的を外しそうだ。あの兵士も、次の的の中心を射抜けるかは疑問だな。だがあの猟師は手強《てごわ》い敵だ。彼は本当にうまい」

「でも、自分のほうがうまいと言いたいんだろ」

ウィルがレイフの肩を小突く。

「ほら見ろよ、若いのが的の中心を大分外しちまった。これで脱落だな。おまえは試合に戻れ」

レイフは片手を振って、元の場所へ戻った。

役人が勿体《もったい》ぶった態度で四人の的を調べ、若い従者の成績が最下位であったことを確認する。従者は溜息を吐き、観覧席へ一礼して、その場から去った。

残る三人のためには新しい的が用意された。それまでの的より一回り小さい。的は、さらに数歩遠い場所に並べられた。三本の矢をこの的の中心に集めるには、単なる技量以上のものが求められる。アンセルムは城にいなかった。

とすれば今は、彼について思い煩うことはない。レイフは新しい矢を取り出し、弓につがえた。的に集中すると、他のことを全て、頭から追い出すことができる。群衆の声も、両隣りにいる競技者の動きも、全ては霞《かすみ》の中だ。

レイフは狙いを定め、矢を放った。的に届く前から、それが中心を射抜くことが判っていた。

❊❊❊

ウィルは従兄弟の試合を見守るためにそこへ残ったが、マッチはもう一度、屋台を覗《のぞ》きに行くことにした。

森の中でも、彼らは滅多に食べ物には困らない。彼らは森で動物を狩り、野草や果物を集め、金持ちから奪った金でパンやチーズなどを買ってくることができる。

だが祭りは特別だ。普段はお目にかかれないような甘い菓子や、凝ったソースを使ったパイが食べられる。この好機は、存分に活《い》かされなければならない。

レイフは絶対に勝ち上がるだろうと、マッチは確信していた。自分が見ていようと見ていまいと、同じことだ。それに万一、レイフが的を外すようなことがあり、それを自分に見られたら、レイフは面目を潰された気分になるだろう。そんな事態は、マッチにとってもありがたくない。

ウィルはマッチに、食べ物を買うための小銭をくれた。彼がマッチに申し渡したのは、これだけだった。

「吐くまで食うなよ」

マッチは心得顔にうなずいてやった。彼は丈夫な胃袋の持ち主だ。せっかく食べたものを吐いたりはしない。

人混みの中をすり抜けながら、マッチは屋台を物色した。

多くの人は、佳境に入った弓術試合に釘《くぎ》づけになっている。一方で、試合などそっちのけで手を取り合い、相手の目を見つめている男女や、互いに口汚くののしり合っている酔っ払いもいる。誰にせよ、赤毛の少年が側を通っても、気にする者は一人もいない。

屋台を端から端まで調べ、それからまた元に戻ろうとしたとき、マッチは中庭の片隅で、数人の男が頭を寄せ合っているのを見つけた。

マッチはさりげなくそちらへ歩いて行った。男たちの足元に転がっていたものに目を引かれたのだ。先刻まで試合場にあった的だ。

男たちのうち二人は兵士で、別の二人は役人だった。最後の一人はがっしりとした長身の、赤い髪の男だ。彼が何者なのか、マッチには判らなかったが、そこにいた者たちは明らかに、この赤毛の男の指示に従っている。

彼らは、試合に使われた矢を調べているのだ。

何か不正な仕掛けでも発見しようとしているのだろうかと、マッチは興味をそそられた。こうした競技ではときに、弓が長すぎるとか、矢が短すぎるとか、そんなつまらぬけちをつける者が出るという。矢が的に当たりさえすれば、それ以外の何が問題なのか、マッチには理解できない。誰にでも、自分好みの弓矢を使う権利があるはずだ。

男たちは矢の一本一本をじっくりと観察している。そっと近付いたマッチも、兵士の陰から、並べられた矢を覗き込んでみた。

そして彼はぎくりと身体を強張《こわば》らせた。

中央に置かれた矢の数本は、他のものとは明らかに違っていた。矢尻から全長の三分の一ほどの位置にまで、黒く乾いた血が染みついているのだ。

これは、試合で使われた矢ではない。藁《わら》と板でできた的は、血を流したりはしない。

血に汚れた矢の矢羽に見覚えがあることに、マッチは気付いた。はっきりとした印が刻まれていたわけではないが、彼は毎日、間近にそれを見ていたのだ。矢羽の切り方に、使い手の好みが出ている。

ニコラスの矢だ。

今は森にいるはずの物静かな男の矢が、ここに並べられている。つまりこれは、トマスを救い出したあの夜、ニコラスが放った矢なのだ。男たちはそれをここに持ち出し、試合で使われた矢と見比べている。

ここにいる五人の男は、襲撃者がこの試合にいる可能性に気付いているのだ。

一人の兵士の手には、別の矢があった。こちらも目立つ特徴はないが、マッチは即座にそれを、レイフのものだと見抜いた。

今日の試合で放たれたものではない。その矢には血が染みついている。

彼らはじっくりと矢を調べている。競技者の一人が使っている矢と酷似していることに、彼らもいずれ気付くだろう。

思わず、マッチは後退《あとずさ》りした。兵士の持っている矢から視線を引き剝がす。

その瞬間、彼は、赤い髪の男が自分をじっと見ていたことを初めて知った。

男は三十前後に見えた。身なりは地味だが、立派な剣を腰から吊るしている。気難しげな細面は、何故《なぜ》か、驚愕《きょうがく》と戸惑いに彩られていた。水色の瞳が、マッチの顔を穴が開くほど見つめている。

マッチの肋骨《ろっこつ》の中で、心臓が痛いほどに鳴り響き始めた。

恐らくこの男は、あの夜城にいたのだ。そして、自分の顔を見覚えていたのだ。マッチ自身には、男の顔に見覚えはなかったが、それ以外に、この男が自分を見て驚く理由は考えられない。

すぐさま踵《きびす》を返して逃げ出さなければならないと、マッチの本能が頭の中で叫んでいた。

だが実際には、彼は根が生えたようにその場に突っ立ったまま、動けずにいた。自分は大丈夫だと、彼は今まで、そう信じ込んでいたのだ。突然降って湧いた危険が、彼の足をすくませてしまった。捕えられれば、トマスと同じように絞首刑の判決が下されることは判り切っている。にもかかわらず、彼は指の一本すら持ち上げられない。

彼はこれまでいつでも、おまけの子供に過ぎなかった。

あえて彼に注目する者など一人もいない。あの夜襲撃隊に加わっていたのは確かだが、彼自身は、戦いの間を縫って走り回っただけだ。城壁の上で炎に照らされたレイフとニコラスの不気味な黒い影は、あの日城にいた者たちの心に焼きついただろう。しかしマッチは、注目を浴びるような真似など何一つしていない。

今日も、身の危険を感じるべきは派手な身なりのレイフとウィルであって、自分には何の心配もないはずだったのだ。だが男の水色の目ははっきりとマッチの姿を捉え、彼の顔に覚えがあるとその眼差しで告げている。

二人はしばしの間、そのまま時間が凍りついたかのように見つめ合っていた。

マッチの側にいた兵士が、一本の矢を掲げた。赤い髪の男の注意を引く。

「サー・ガイ。これは似ていると思いませんか」

ガイと呼ばれた男は、兵士のほうへ目を向けた。

その瞬間、マッチの呪縛が解けた。身体が意思を取り戻す。

彼は一目散にその場から逃げ出し、人混みの中へと飛び込んだ。

「おい……！」

慌てたような男の声がマッチの背中に掛けられたが、マッチは振り返らなかった。

＊＊＊

予想していた通り、決勝戦は、レイフと、リンカーン司教のお抱え猟師との対決になった。

両者は一歩も譲らず、既に十二本の矢を射ている。時間が掛かり過ぎていると、審判役の役人は考えたらしい。彼の指示で、小さな的が、さらに遠くへ離される。そして彼は観衆と競技者に向かって、以後は三本ではなく、一本の矢で勝敗を決めると告げた。

猟師は目を細めて的を見つめた。彼は老練な射手だった。的だけに意識を集中し、レイフの存在など煩わしい虻《あぶ》程度にしか考えていないようだ。だがレイフは違う。彼はじっくりと猟師を観察し、その技量と弱点を見定めようとしていた。

的との距離を見定めるその様子からするに、猟師はレイフほど視力が優れているわけではないらしい。弓を引く手つきが、用心深いものになっている。弦を絞ると、彼の長弓がぎりぎりと苦しげな音を立てる。

空に弧を描いた矢は、小気味のいい音を立てて、的のほぼ中央に突き立った。

だが、中心からは僅かに逸《そ》れている。判定の際にはほとんど考慮されない程度のずれだが、レイフにはそれが見えた。そろそろ勝負を決めてもいい頃合いだ。

「なあ」

彼は審判として側についている役人に声を掛けた。

「彼と同じ的を狙ってもいいか？」

長弓の先で猟師を指す。役人たちの間で素早い討議が行なわれ、レイフの申し出は受け入れられた。猟師は表情を変えぬまま、黙って成り行きを見守っている。

レイフは位置についた。空を見上げる。雲一つない晴天だ。頭上を遮る木々の枝がないことが、今ほど心地よく感じられたことはない。

大きく息を吸い込み、彼は素早く矢をつがえた。じっくりと狙いを定める必要はない。彼の目は、的の中心を捉えている。息を吐き出すと同時に、彼は矢を放った。

矢が的を貫く、ばしんという音が聞こえた。

観衆は静まり返っていた。

的があまりにも遠く、レイフの矢の行方がよく見えなかったのだ。そして的には、矢が一本しか刺さっていないようにも見えた。だとすればそれは、最初に猟師が放った矢だったはずだ。

脇に控えていた役人と書記が、すぐさま的を確認に走った。

「当たったのか?」

「いや判らん」

「おい、外したんじゃないだろうな?」

群衆の中から漏れ聞こえてくる囁きが、レイフの耳にも届く。

反動に震える弓を左手に握り締め、レイフはにんまりと唇の端を上げた。彼には、自分の矢がどこにあるのか判っていた。わざわざ確かめるまでもないのだ。

役人の指示で、兵士たちが的を観覧席の前へと運んでくる。人々の間から驚嘆の声が漏れた。的が自分の前を通り過ぎていく際に、レイフも、自分のやってのけた妙技を、深い満足感と共に眺めることができた。

彼の矢は的のど真ん中に突き立っている。猟師の矢は後から飛んできたレイフの矢に矢羽を削られたうえ、長いひっかき傷を付けられて、辛うじて的にしがみついていた。レイフの矢に、危うく弾《はじ》き飛ばされるところだったのだ。間近に見れば、どちらの矢が中心に寄っているのかは一目瞭然だった。

猟師は口の端を下げた。しかし文句をつけようとはしない。確かにレイフは、同じ的を射《う》つことで彼を虚仮《こけ》にしたが、不正を為《な》したわけではない。彼は横目にレイフを見やったが、不機嫌な眼差しには、驚嘆の色が混じっていた。

結果を示されて、観衆はどっと湧いた。役人の一人が小走りにレイフに走り寄る。

「名前は？」

今更ながらそう尋ねる。

一瞬、レイフは、ロビン・フッドと名乗りたい誘惑に駆られた。しかし彼はそれを抑え込んだ。そんな悪ふざけに命を賭ける価値はない。少なくとも、ここでは駄目だ。

「ウィル」

本名を名乗るのを躊躇し、思いつきで、従兄弟の名前を口にする。銀の矢を獲得した栄誉を分かち合うためではない。そのときたまたま州長官の顔を見ていたからだ。彼の名前もウィリアムだった。どこにでも転がっている名前で、名前から身元を突き止められる心配はない。

「出身は？」

役人が問いを重ねる。

「ヨークだ」

この答えは迷わなかった。すでにアンセルム・オブ・ヨークの甥を名乗ってしまっているのだ。同じヨークの出身であると言った方が簡単で、自然でもある。

役人はうなずき、咳払《せきばら》いをした。

「勝者はウィル・オブ・ヨーク！」

高らかに宣言する。

群衆の歓呼の声に、レイフは両腕を挙げて応えた。ノッティンガムの人々にとって、森の無法者であるレイフは本来、憎むべき悪人のはずだ。それが、祭りの英雄として祭り上げられ、拍手を浴びせられている。それが堪《たま》らなく愉快だった。

ぐるりと周囲を見渡す。少なからぬ数の若い娘が、彼にキスを投げて寄越《よこ》した。中にはあからさまな流し目を向けてくる娘もいる。

しかし喜びは、次の瞬間、不安によって掻《か》き消された。

群衆の中に、彼はウィルとマッチの姿を見つけたのだ。切羽詰まった様子で彼を手招きしている。

観覧席では、銀の矢を勝者に渡す準備が整えられつつある。レイフに賞品を渡すのは、州長官の奥方の役目のようだった。彼女が観覧席から下りるのを、周囲にいた者たちが手助けしている。

レイフはその間に、ウィルとマッチのほうへ向かった。

どちらの顔にも、レイフの優勝を喜んでいるような気配は微塵《みじん》も見られない。明らかに、優勝どころではない事態が起こったのだ。

「どうした？」

レイフの問いに、マッチが堰《せき》を切ったように話し始めた。

「あいつら矢を調べてた。ばれちまったんだよ、あんたの矢があのときの矢だって。ニコラスの矢もあったけどニコラスはここにいないし――」

支離滅裂な少年の言葉を、ウィルが遮った。

「あの夜ここでおまえが兵士を射殺した矢を、頭の回る誰かが保管しておいたらしい」

早口に囁く。

「今日の競技者たちの矢と比べるためにな。おまえが使っていたのが同じ矢だと判ったら――」

口の中で、レイフは腹から噴き上がってきた罵声を噛《か》み殺した。

なるほど、そういうことだったのだ。州長官はもちろん、部下たちが競技者の矢を調べることを承知していたに違いない。勝ち残った者たちに祝福を与えながら、彼は、その中に例のロビン・フッドが紛れている可能性について、思い巡らせていたというわけだ。

まさにそのとき、マッチが遭遇した赤い髪の男が、兵士たちを引きつれて姿を現した。

兵士の一人がレイフを指し示し、赤毛の男に何事かを報告する。男はうなずき、大股にレイフのほうへと向かってきた。

「まずいよ、レイフ、あいつらだよ」

マッチがレイフの袖を摑《つか》んだ。今や疑う余地すらない。赤い髪の男に先導され、弓術大会の優勝者を拘束しようと兵士たちが押し寄せているのだ。

レイフは銀の矢をちらりと見やった。彼のものになるはずだった美しい玩具はしかし、もう諦めるしかない。

「逃げるぞ」

レイフの一言を合図に、彼らは群衆の中へと飛び込んだ。

悲鳴が上がった。武装した兵士から逃れようと、あるいは自分や家族の身を守るために押しとどめようと、混乱した人々が押し合いへし合いを始める。三人は身を屈《かが》め、その足元を巧みにすり抜けた。

走り、人々から身をかわしながら、レイフとウィルは、今日手に入れたばかりの派手な外套《がいとう》を、引きむしるように脱ぎ捨てた。外套は群衆の間に落ちた。数え切れないほどの足がその上を踏みつける。

彼らはようやく、真《ま》っ直《す》ぐに身体を起こせるようになった。騒ぎの中心を後方へ置き去りにできたことを、振り返って確認する。目印は始末した。もはや三人の無法者に注目している者はいない。

しかし油断はせずに、彼らは周囲に目を配りながら出口を目指した。一体何が起こったのかと、集まった人々が首を伸ばして騒ぎを見ている。弓術大会の優勝者が横を通ったことに気付いた者は、幸い一人もいないようだった。青いフードを被った弓の達人ウィル・オブ・ヨークも、派手な赤い服のその仲間も、煙のように消え失せたのだ。

誰にも呼び止められることなく、彼らは城の外へ出た。

息を整えながら、彼らは精一杯何気ないふりを装って、歩き始めた。外套を失いはしたが、必死に走ったお陰で、レイフもウィルも寒いとは感じなかった。それに今、ノッティンガム城下で外套を調達するわけにはいかない。赤と青の外套が脱ぎ捨てられているのが発見されれば、兵士たちは、外套を失《な》くして新しいものを欲しがった男たちを捜すはずだ。

森のねぐらに戻れば、予備の服はある。それまでの辛抱だ。

彼らは黙って歩き続け、街道にまで辿《たど》り着いた。行き過ぎる人間がいなくなったところで、ようやくマッチが大きな息を吐いた。

「あーあ」

心底がっかりしたような声だ。

「もう少しで銀の矢がもらえたのに」

レイフもつられて溜息を吐いた。

「いや、もらえなかっただろうよ。矢で正体がばれちまってたんだから。もし、銀の矢をもらってるまさにそのときに囲まれてたら、きっと逃げられなかっただろうな」

「まったく、矢を調べるとはね」

ウィルがかぶりを振る。

「危なかった。もう少しで縛り首になるところだったんだからな」

だが、彼らはまんまと逃げだしたのだ。それも、公衆の面前で、州長官の鼻先から。しかも、レイフがその場で一番の弓の名手であることを、世に知らしめた後で。

笑い事ではないと知りつつ、誰からともなく、彼らは笑い出していた。

「外套を失くしちまったね」

やがてマッチが言う。ウィルが思い出したように上腕を擦《さす》った。風が冷たく感じられ始めたのだ。

「ああ、でもまあ役には立ったよ」

レイフが口の端を上げる。そして従兄弟へと目を向ける。

「おまえは赤い服が似合ってたな」

からかう口調のレイフの肩を、ウィルは小突いた。だがその目は面白がっている。

「よせよ。惜しくなっちまうだろ」

げらげら笑いながら、彼らは森へ帰った。

❇❇❇

事の顛末《てんまつ》は、シャーウッドの森の仲間に、面白可笑《おか》しく報告された。

だが、トマスはそれを面白いとは思わなかった。三人が弓術試合に乗り込んだと聞いた瞬間から、彼の顔は、薄暗い森の光の中でもそれと判るほどに青くなってしまった。呆然《ぼうぜん》としたまま、言葉も出ない有様だ。

銀の矢をもらい損ねて逃げ出したくだりまで来て、彼はようやく口を開いた。

「——そもそも何でノッティンガムに？」

かすれた声で呟く。

「あれから……そんなに日も経《た》ってないのに」

レイフもウィルもマッチも、ノッティンガムの城では命の危険に晒《さら》される。そもそもそれは、自分が兵士に捕まったせいなのだと、トマスは責任を感じている。彼としては、あのとき自分を助けに来てくれた誰にも、城になど行って欲しくはなかったのだ。

「アンセルム・オブ・ヨークがいるかもしれなかったからさ」

マッチによってこともなげに告げられた答えは、しかしトマスをますます困惑させた。

「それ、誰？」

「俺の親父《おやじ》を殺した男だ」

レイフの答えはあっさりとしたものだった。

トマスは唖然《あぜん》とし、アランも目を見開いた。しかし他の者たちはさしたる反応を見せない。新参者のトマスとアラン以外の者は、もうこの話を聞き知っているのだ。

レイフは倒木の上に座り直した。以前の略奪品の中から選んだ、新しい外套を纏《まと》っている。

「俺の母親は、俺が生まれたときに死んだ」

レイフはトマスとアランに説明した。

「親父も、まだ俺が小さいときにいなくなって、俺は祖母《ばあ》さんに育てられた。その頃はウィルも隣に住んでたっけな」

「ああ」

従兄弟と同じく新しい外套にくるまって、ウィルはうなずいた。

「レイフは可愛《かわい》げのないがきだったが、まあまあうまくやってた。一族で固まって、地面を耕してたわけだ。俺は途中で抜けちまったけどな。畑を耕してひたすら税を収め続けるより、森で自由に暮らしたほうがいいと思って」

「親父は殺されたんだと、前からそう聞いてはいたんだ」

レイフは続けた。

「だが詳しいことは何も知らなかった。祖母さんが知らなくてもいいって言うんで、俺も詳しくは訊《き》かなかったんだ。まあ、食ってくだけで精一杯だったから、知ったところで、勇んで仇討《かたきう》ちに出るわけにもいかなかったけどな」

「アンセルム・オブ・ヨークという男が叔父さんを――レイフの親父を殺したって話を最初に聞いたのは、俺なんだよ」

横合いからウィルが口を挟む。

「人づての話で、何があったのかははっきりしなかったが、とにかくその名前だけは判った。だけど俺も動けなかったわけだ――この森で暮らしてて、滅多に外へは出なくなっちまってたからな。レイフに知らせに行くわけにもいかなかった」

頬を擦りながら、レイフが記憶を辿る。

「で、俺がやっとその話を聞いたのが……三年くらい前か」

「つまり、君がここに来たときだな？」

アランの言葉に、レイフがうなずく。

「家の近所で密猟してたのが見つかってな」

悪びれもせずに、彼はにやりと笑ってみせた。

「それで家から逃げ出して、ここに来た。ウィルがここで暮らしてるってのは知ってたからな」

「困った奴らだよ。一族の面汚しだな」

聞いていた仲間の一人が野次を飛ばし、笑い声が上がる。だがレイフとウィルにとっては、そんな揶揄《やゆ》など痛くも痒《かゆ》くもない。

「いや、違うね」

仲間たちに向かって、ウィルが嘯《うそぶ》く。

「俺たちの先祖は海賊だったんだぜ。盗賊になったのはむしろ、一族の誉れだ」

「――まあそういうわけで」

トマスに向かって、レイフは続けた。

「以来、俺は、アンセルム・オブ・ヨークを捜してるわけだ。州長官の知り合いで、時々ノッティンガムにも来てるらしいってことは突き止めた。だが今まで、わざわざ捜しに行ったことはなかったんだ。俺もここで色々とやることがあって、忙しかったからな」

意地の悪い笑い声がそこここから上がったが、レイフはそれを無視してのけた。

トマスがごくりと唾を飲み込む。

「……それで、そいつを見つけたら、どうするんだ?」

金髪の盗賊は肩をすくめた。

「さあな。暇があれば、何で俺の親父を殺すことになったのか、そのいきさつを訊くだろう。その暇がなければ、そいつを殺して親父の仇を取ることになるかな」

「……」

トマスは縋《すが》るような目でウィルを見たが、ウィルは少年の期待に応えなかった。片眉を吊り上げてみせる。

「いや、止める気はないね。殺されたのは、俺の叔父でもあったんだぜ。いい人だった。その瞬間が本当にきたとして、もしレイフの手が塞がってたら、俺がアンセルムの喉を掻き切ってもいい」

「それで縛り首になっても?」

「そのときはそのときさ」

気にも留めていない口調で、レイフは応じた。

「とにかく」

それまで黙って聞いていたニコラスが、穏やかに言った。

「しばらくは森から出ないほうがいい。それから私とレイフは、少し矢に手を加えたほうがいいだろうな」

「――ま、そうかもしれないな」

レイフは認めた。

❋❋❋

もうほとぼりが冷めたと思われた一月後《ひとつき》、アランが一人でノッティンガムに買い出しに出た。

アランはその日、戻って来なかった。いつもならば、彼が数日帰ってこなかったとしても、誰も心配したりはしない。だがこの日の朝、彼は夕方には戻ると言い置いて出発したのだ。自分で言い出した予定を彼が守らなかったことは、今までに一度もない。

日が落ちる頃には、もしかしたら彼は正体を暴かれて捕えられてしまったのではないかという不安が、無法者たちの間に広まった。

「捜しに行ったほうがいいかもしれん」

夜が更け、アランが戻らないと判ると、リトル・ジョンがそう言い出した。

彼らの真ん中では炎が陽気に踊っている。暖かな夜で、空気は爽やかに澄んでいた。しかし楽天的な気分でいられた者は一人もいない。

「もしアランが城に捕えられているのなら」

低い声で、ニコラスが応じる。普段は穏やかな表情に、苦渋の色が浮かんでいた。

「城の連中は、我々を待ち構えているだろう。この間のようにはいかないぞ」

「どこかの女の家にしけ込んでるんじゃないかな?」

マッチが意見を述べた。仲間たちの間に思案げな沈黙が落ちる。

それは大いに有り得る可能性だと、誰もが考えたのだ。今まで一度もなかったからといって、それだけで決めつけるわけにはいかない。何しろアランのすることだ。

彼らは動きあぐねてしまった。結局、夜が明け次第、アランの捜索隊を出すことが決まった。

そしてその捜索隊は、森を出たところで、ちょうど彼らの元に戻ろうとしていたアランを発見したのだった。

「悪かったよ、心配掛けて」

連れ戻されたアランは、殊勝な顔でそう言った。仲間たちの心配をよそに、彼はかすり傷一つ負っていない。

「居酒屋でえらい話を仕入れて、つい聞き入ってたら、日が落ちちまったんだ」

「隣に寝てたのはどんな女だった？」

ウィルの声には、安堵《あんど》と苛立《いらだ》ちが入り混じっていた。彼もアランの身を案じて、眠れぬ夜を過ごしたのだ。彼らが五月祭りに乗り込んだと聞いたときのトマスの狼狽《ろうばい》を、彼は身をもって味わわされた。

アランは肩をすくめた。

「小柄な茶色いのと、若くて黒いのと――まあ、とにかく隣に寝てたわけじゃなかったけどね。彼女たちは僕の下にいた。ついでに言うと、人間でもなかった。馬小屋の二階に泊めてもらったんだ」

仲間たちの間から笑い声が上がった。前夜から続いていた緊張がようやく緩む。

「それで、何を聞いた？」

ニコラスが促す。アランは咳払いして、聴衆を見渡した。

「ジョン王子が遂《つい》に、リチャード王に反旗を翻した」

アランの言葉は唐突だった。

森の仲間は静まり返った。のどかな鳥の声だけが場違いに響く。アランは仲間たちを見渡し、ゆっくりと言葉を継いだ。

「エリナー王太后は、リチャード王の身代金を掻き集めてのけたんだ。ソールズベリー司教のヒューバート・ウォルターが、それに手を貸した。彼はリチャード王と一緒に十字軍に行って、王がオーストリア公に捕まったという知らせを持ち帰った人だよ。彼は首尾よく金を集めた功績によって、カンタベリー大司教に昇進したらしい。とにかくこれで、リチャード王が解放される公算が高くなった」

「――でも、ジョン王子としては、それが気に入るはずもないよな」

皮肉な口調でレイフが指摘する。アランはうなずいた。

「まあ、そういうことだろうね。戦況はまだよく判らないけど、エリナー王太后は、末っ子が反乱を起こしたと聞いて、頭から湯気を立てんばかりに怒ったらしいよ。今はジョン王子の首根っこを摑もうと、あちこちで兵を動かしてるみたいだ」

「だが、まだリチャード王が無事に帰って来るとは限らないだろう」

むっつりと顔をしかめながら、リトル・ジョンは顎鬚《ひげ》を掻く。

「もし身代金を渡しても、リチャード王が大陸で死ぬ可能性はある。そうしたら、ジョン王子がイングランドの王位を継ぐことになる。そうなったときのことを考えると、みんな――エリナー王太后以外は、ジョン王子に対して強くは出られないんじゃないか?」

「そう、それで世の中は大混乱さ」

アランの唇の端に、人の悪い笑みが浮かんだ。

「そしてノッティンガムの町では、ロビン・フッドがこの混乱に乗じて何かをしでかす気なんじゃないかという噂になってる」

「……」

再び、森は静まり返った。やがて、一人があやふやな顔で口を開く。

「ロビン・フッドって、あれか、この間レイフたちがノッティンガムに行ったときに聞いた、誰だか判らない……」

「そう、そいつだ」

楽しげに、アランはうなずいた。

「僕も耳を疑ったね。それで、居酒屋から離れるわけにいかなくなっちまったんだ。色んな人から話を聞いたが、彼らの話を総合すると、こういうことになる。すなわち、ロビン・フッドはシャーウッドの森に住む無法者である……」

「そんな奴ここにはいないぞ！」

話の腰を折った仲間を、アランは片手で黙らせた。まるで芝居をしているような大仰な口ぶりで続ける。

「ロビン・フッドは弓の名手だ。大胆不敵にも、五月祭りの弓術大会に乗り込んで、優勝した」

レイフへちらりと視線を投げる。それに応じて、レイフがにやりと笑ってみせる。アランは仲間たちへ目を戻した。

「州長官はその一件に気を悪くしている。というのもその少し前に、ロビン・フッドは捕まった仲間を助けるため、手下と共にノッティンガム城に乗り込んで、大騒ぎをしてのけたからだ。だが僕が耳にした限り、ここの部分には諸説あるらしい。あのとき牢から助け出された男こそロビン・フッドで、手下たちが自分たちの頭領を取り戻しに来たのだと信じている者もいれば――」

トマスへ笑みを向けたが、少年は唖然としてアランを見返すばかりだ。アランは言葉を継いだ。

「……城壁の上から矢を放っていた男のどちらかがロビン・フッドだという者もいる。つまり、レイフとニコラスだな」

ニコラスは黙ったまま眉を上げた。一方、レイフのほうは嬉《うれ》しげだ。

「そりゃそうだ。あの夜使った俺の矢が、弓術大会の優勝者の矢と、笑えないくらいに似てると気付かれちまったからな。だが生憎俺は、ロビン・フッドなんて名前じゃないぜ」

「あのとき……」

半ば呻《うめ》くように、トマスが言いだした。

「僕が牢から助けてもらったとき――誰かが、ロビンと叫んだんだ」

アランが短い笑い声を立てる。

「そう、それで、ロビンという名前がみんなの頭に刻み込まれた。だが、あの場にいたどの男がロビンだったのか、誰にも判らない。混乱している理由の一つは、トマスとニコラスとレイフ、全員体格が似てるからだと、僕は思うな。僕も初めてトマスを見たときには、ニコラスだと勘違いしたよ。リトル・ジョンの横にいるのはニコラスだと、信じて疑いもしなかった」

そのとき、レイフが長弓を振って、全員の注意を引いた。

「俺にははっきり判ってることが一つあるぜ、アラン」

そう宣言する。視線は真っ直ぐに、アランへ向けられている。

「あの時、ロビンと叫んだのは、おまえだったよな」

この告発に、小さなざわめきが起こった。疑惑を口にした者もあれば、レイフの言葉を肯定する者もある。誰もがアランとレイフを見比べている。

「そうだ、おまえだ、アラン。私にもはっきり聞こえた」

ニコラスの一言が、この混乱に終止符を打った。そしてアラン自身も、仕方なさげにそれを認めた。

「知り合いがいたんだ」

トマスが目を丸くして、アランを見やった。

「あの城に？」

微《かす》かな皺が、アランの眉間に刻まれた。

「──多分、そうだと思ったんだ。見間違いでなければ」

一拍置いて、付け加える。

「あいつはロビンと呼ばれるのが嫌いだった……」

そして、彼は口を濁した。

偶然と誤解から生じた深い霧が、少しだけ晴れた。アランの見間違いでなければ、ロビンという男は城にいた。ところがロビン・フッドという無法者は、人々の思い込みと噂から生まれ出た、実体のない幻なのだ。だがノッティンガムでは、誰もがその名を知っている。

そしてアランには、ロビンという男について、それ以上明かすつもりがないらしい。少なくとも、今はまだ。

「それで」

溜息交じりに、ニコラスが問う。

「そのロビン・フッドという男は、一体何を企んでるというんだ？」

「それは誰にも判らない」

アランの口元に、笑みが戻った。

「もらえるはずだった銀の矢を取り戻すために、城を襲撃しようと計画しているのかもしれないし、あるいはジョン王子に味方して反乱軍に加わるつもりかもしれない。でなければ、州長官を殺して、ノッティンガム全域を支配しようとしているのかもしれない」

「ロビン・フッドというのは忙しい奴だな。確かに、一人じゃ足りないだろうよ」

ウィルが漏らした感想に、森の仲間たちは笑った。

「まあいい。連中がロビン・フッドとやらを捜しているのなら、好きにさせておこうぜ」

落ち着き払って、レイフがそう結論付ける。

「俺たちはその間、ここでのんびりさせてもらうことにしよう」

森の中は平和だった。政治とも、王とその弟の争いとも無縁でいられる。

少なくとも、彼らはそう考えていた。

クリスマスの祈り

一一九三年の冬は、凍《い》てついた空気と過酷な生活をイングランドにもたらした。

イングランド王リチャードが十字軍遠征の帰りにオーストリアで捕らわれてから、一年が経《た》とうとしていた。オーストリア公からリチャードの身柄を買った神聖ローマ帝国皇帝ハインリヒ六世は、イングランドに対し王の身代金を請求し、王太后エリナーはそれを工面するために、ありとあらゆるところから金を掻《か》き集めた。それは恐るべき速さで行われ、貧しい者たちはあっという間に苦しい生活へ追いやられたのだ。

国民の苦難は、しかしそれでは終わらなかった。リチャード王の弟、モルタン伯ジョンが、王位を求めて反乱を起こしたのである。

身代金が支払われても、囚《とら》われの兄リチャードが無事に戻ってくるという保証はどこにもなかった。その場合、王位はジョン王子の手の中に転がり込んでくる。ジョンはその可能性に賭けた。そして彼の野望に便乗して兵を挙げた者も大勢いたのである。

彼らの前に立ち塞がったのが、ジョンの母でもある王太后エリナーだった。

彼女の集めた兵は、ジョンに味方した諸侯を取り囲んだ。裏では様々な政治的駆け引きが行われたという噂《うわさ》がある。曰く、モルタン伯ジョンはフランス王フィリップに助けを求めた。その結果、ジョンに率いられたフランスの軍隊が、もう少しでイングランドに攻め込んでくるところだったというのだ。ところがリチャードが解放されるという見込みが耳に入ると、フィリップはフランス軍を大陸に留めることにした。そしてリチャードの代理人とフィリップとの間で、休戦協定が結ばれたというのだ。

また一方で、ジョン王子とフィリップ王が密《ひそ》かに連絡を取り続け、リチャードを捕えている神聖ローマ帝国に賄賂を贈って、リチャードを大陸に留めておくように画策しているという話も伝わっている。

いずれにせよ、リチャード王はまだ帰国を果たしていない。

イングランド国内は、ジョン王子と、その母の軍勢に踏み荒らされた。農民たちの中には、田畑や家畜、家すらも失った者がいる。そうした農民たちは、秋の収穫を楽しむどころか、冬の間の食料を確保するのも覚束《おぼつか》ぬ状況へと追いやられたのだ。

ノッティンガムでは、シャーウッドの森に希望の光を見出《みいだ》す者まで出始めた。

以前から、この森は無法者の住処《すみか》として有名である。その評判を甘く見た金持ちが森を通り抜けようとして強盗に遭う事件は、近隣の笑い話として広く知られている。一味の頭目はロビン・フッドという名の男で、類稀《たぐいまれ》な弓の名手であるという。

だが、無法者たちが森に入る者を客として遇し、気前よく食事を振舞うという話もまた、よく知られた事実だった。彼らは金持ちに対しては法外な食事代を要求するが、貧しい者からは決して取らないという。もちろん良識ある者は、どんなに貧しくとも無法者と関わり合うことを避ける。しかし今着ている粗末な服以外何も持たぬ者の中には、シャーウッドの無法者は脅威どころか救い主だと考える者もいた。盗賊の食卓に招かれれば、空腹から免れることができる。払う金がなければ、盗賊たちは何もせずに客を帰してくれるという寸法だ。

それを期待して森に入ったすべての人間が、無法者たちの客になったわけではない。ただで腹一杯食べたいと目論んで森に入る者は、大抵、半日森をさまよった挙句、諦めて立ち去ることになる。森に住む無法者は盗賊で、金のない人間には興味がないのだ。大声で呼んでみたところで、返事があるわけもない。

しかし、森の中で飢えと寒さに行き倒れた者には、温かい手が差し伸べられる。

幼い二人の娘を連れた夫婦がシャーウッドの森に入ったのは、無法者たちに会うためではなかった。冬を過ごすための蓄えを税として兵士たちに奪われ、妻の兄弟を頼って行く途中だったのだ。父に抱かれた五歳の娘は巨大な森の木々に恐れ慄《おのの》き、母に背負われた乳飲み子はか細い声で泣き続けた。遂《つい》に両親は疲れ切り、木の根元に座り込んで動けなくなった。

そこへ、弓矢を持った男たちが現れたのである。

夫婦は恐怖に凍りついた。彼らは路銀として少しばかりの金を持っており、それを奪われるのではないかと恐れたのだ。あるいは金ばかりではなく、命をも失うのではないかと。

「あなた方に神の祝福を」

先頭にいた男の声は低く、穏やかだった。フードを被《かぶ》っていたが、茶色の髭《ひげ》に覆われた唇には微《かす》かな笑みがあった。見上げると、優しい茶色の目が一家を見下ろしていた。

「よろしければ、温かい昼食を差し上げたい。我々の火が、すぐそこで燃えている」

夫は、その申し出を断ろうとした。だが声が出ない。逃げ道を探して視線をさまよわせたが、無法者たちは至るところに立っていた。離れた場所にも、木々に寄り添う人影が見え隠れしている。完全に取り囲まれているのだ。

「あなた方を傷付けはしない」

男は静かに続けた。

「あなた方には休む場所が必要だと思っただけだ」

夫婦は顔を見合わせた。だが、目の前の男に従う以外、どんな選択肢があっただろう。

ともあれ、男の声にはいかなる邪悪な響きもなかった。周囲にいる無法者たちの中にも、武器に手を掛けている者は一人もいない。哀れな獲物をいたぶるような行為は、一切行われなかった。彼らはただ静かに、森に溶け込んでいた。

フードの男が差し出した手を、妻はおずおずと取った。労働に荒れた彼女の冷たい手を温かな指が握り、立ち上がるのを助ける。夫は長女を抱いたままよろよろと立った。長女は目を丸くして、無法者たちを見ている。

木々の間を縫い、霜に枯れた草の中を、一家は無法者たちに囲まれて歩いた。その中に若い、まだ子供と言っていいほどの少年が混じっていることに、妻は気付いた。赤い髪の少年が、興味津々の目で、彼女の赤ん坊を覗《のぞ》き込んでいるのだ。

「この子、名前は?」

赤ん坊を指しながら、少年が屈託なく尋ねる。妻は一瞬口ごもり、抵抗は無意味だと思い直して答えた。

「マティルダよ」

「女の子か。ちっちゃいな」

そう言いながらも、少年は赤ん坊に触れようとはしなかった。まるで壊してしまうのを恐れているかのようだ。

男の言った通り、彼らは間もなく、盛大に炎を上げている焚火《たきび》の側に案内された。

火の側の暖かな場所に座ると、鍋からうまそうな匂いが立ち昇っている。父親の膝から、幼子が身を乗り出した。

「君の名前は、お嬢ちゃん?」

彼らの脇に膝をついてそう尋ねたのは、赤毛の少年と同じくらいの年頃の若者だった。言葉遣いに無法者らしいところはまるでない。むしろきちんとした教育を受けてきた様子で、無法者の中に混じっていなければ、立派な家の子息のようにも見える。

礼儀正しい問いに驚いた長女は、まじまじと相手の顔を見つめた。とはいえ、目深に被ったフードのお陰で、あまりはっきりとは見えなかったが。

「……メアリ」

小さな声で答える。相手はうなずいた。

「メアリ、これから食前のお祈りをするから、両手を組んで。そう。お祈りが終わったら、一緒にご飯を食べよう」

少年はメアリが手を組むのを見て微笑《ほほえ》み、それから後ろを振り返った。

一家へ最初に声を掛けた男が、少年にうなずき返した。ざわついていた無法者たちが、その瞬間静まり返る。男の口から美しいラテン語の祈りが流れ出るのを、一家はぽかんとして聞いていた。だがこれは無法者たちにとって、毎日の習慣なのだ。全員が真剣に、朗々と流れる祈りの文句に聞き入っている。

それから、昼食が振舞われた。

これほどふんだんに肉の入ったスープを、一家は今まで食べたことがなかった。

パンが配られ、ワインの杯が回された。一家は夢中で食事を貪った。一家の相手は主に、司祭役を務めた男が引き受けたが、彼の態度はあくまでも丁重だった。周囲にいる無法者たちも概して礼儀正しい。

促されるまま、夫は、親子が生活の術《すべ》を失った経緯について語った。相手はうなずきながらそれを聞いた。僅かな路銀を奪われるかもしれないという不安は、夫婦の中ではほとんど消えかかっていた。無法者たちは親切で、中の数人は子供好きな様子ですらある。メアリが顔を汚しながら食事する様子を、にこにこしながら見ているのだ。

食事が終わると、二人の男が何事か話し合いながら立ち上がり、その場を離れた。妻が赤ん坊の世話をしている間、別の一人がリュートを爪弾き始める。

「優れた音楽は、消化にいいからね」

そう嘯《うそぶ》くリュート奏者に、周囲から野次が飛んだ。

「じゃあおまえは弾くな。子供が腹を壊しちゃ気の毒だ」

無法者たちが笑い声を上げ、夫婦もつられて笑った。リュート弾きの男も笑ったが、演奏はやめない。陽気な曲が次々に奏でられ、客たちも存分にそれを楽しんだ。メアリはいつの間にかリュート弾きの足元に座り、弦を弾く指の動きに見とれている。赤ん坊は母親の胸に抱かれて眠っていた。

森の奥、どこからともなく、先刻姿を消した二人が戻ってきた。それぞれ両手に荷物を抱えている。

彼らはそれを、夫婦の前に広げてみせた。金色の巻き毛を垂らした男が、目深に被ったフード越しに妻のほうを見上げる。大きな口には人懐こそうな笑みがあった。

「好きなのを一枚選んでくれ」

彼は女物の、三枚の外套《がいとう》を運んできていた。

「言っちゃなんだが、奥さん、あんたの外套は、冬を越すには薄すぎる。もっと厚いのを準備しとかなきゃ」

「でも……」

妻は驚いて口ごもったが、目は、上等な外套に釘《くぎ》づけだった。しかも、どれも新品のように綺麗《きれい》だ。

もう一人の男のほうは、夫のための外套を数枚抱えていた。

「こいつはちょっと重たいんだが」

その中から、灰色の外套を持ち上げてみせる。

「これを着れば間違いなくあったかいし、この中に包んでやれば、メアリも寒い思いをしないで済むだろう」

夫婦は尻込みしたが、二人の男は勝手に、夫婦のための外套を選んでしまった。貧しい夫婦にとっては、夢のような贅沢品《ぜいたくひん》だ。

妻が新しい外套を羽織る間、ラテン語を話す男が手を差し伸べて、小さなマティルダを抱き取った。男の手に渡されたとき、マティルダは目を開いたが、泣き出したりはしなかった。不思議そうに男をじっと見つめている。そして男は、愛しげと言ってもいい眼差《まなざ》しで、赤ん坊を見つめ返していた。

小山のように巨大な男が立ち上がった。

「さて、そろそろあんた方を街道のほうまで送っていくことにしよう」

太い声がそう宣言する。

「俺には腹ごなしが必要だからな」

気のいい口調だった。マティルダは母親の手に戻された。赤ん坊を抱いていた男が、指先でそっと丸い頬に触れる。

「神の祝福を」

穏やかに、彼は言った。

「健やかに育たんことを」

「ありがとう」

そのとき不意に思い当って、彼女は男の腕を摑《つか》んだ。

「あなた――もしかして、あなたがロビン・フッドなの？」

「いいや」

髭の中で、相手の唇が微笑んだ。

「彼は今いない。だが、客人を手厚くもてなせと言われていてね」

「――俺たちには、もてなしに対して払う財産もないのに？」

夫がおずおずと尋ねる。彼に外套をくれた若者が笑い声を上げた。

「心配しなくても、他の誰かが払うさ。俺たちにとっては、それが誰でも構わないんだ」

「さ、行こう。日が暮れないうちに向こうに着きたいだろう」

大男が夫婦を促し、二人の少年が、呼ばれもしないというのに彼らの護衛として付き従った。

一家は森を去った。胃袋は満たされ、温かな外套を纏《まと》って、幸せな気分で。

❇❇❇

リトル・ジョンがトマスとマッチをお供に一家を送って行くのを見送りながら、ウィルは、余った外套を手際良くまとめ上げた。

「ロビン・フッドって奴は、聖人に違いないいな」

面白がっているような口調で言う。

「貧しい親子にたらふく食わせて、その上あったかい服までくれるんだから」

「服を持ってきたのはおまえとレイフだろう」

リュートを丁寧に布で包みながら、アランが指摘する。ウィルの従兄弟《いとこ》で金髪のレイフが大袈裟《おおげさ》な呻《うめ》き声を上げてみせた。彼は自分が持ち出してきた女物の外套に穴が空いていないかを改めて確認していたのだが、それを中断し、横目でアランを流し見る。

「まさか彼女にやった外套が惜しくなったとか言い出すんじゃないだろうな、アラン？　女の服が着てみたかったのなら、最初からそう言ってくれないと」

笑い声が上がったが、ウィルだけは、従兄弟の冗談に乗らなかった。ニコラスへと目を向ける。

「ここにいないと言うのも一つの手だけどな、ニコラス。いつか通用しなくなるぞ。いずれ誰かが、ロビン・フッドを捜す。そして奇跡を求める。水をワインに変えろとか、そんな類のことをな」

ニコラスは笑った。

「わざわざ水をワインに変えなくても、ワインならあるだろう」

レイフがふと手を止めた。従兄弟の意見に、思うところがあったようだ。

「だけど、ロビン・フッドがどんな男か、そろそろちゃんと決めておいたほうがいいかもな。実はちびだとか、片目が無いとか、でなければ尻尾が生えてるとか。俺たちがてんでばらばらに適当なロビン・フッドをでっち上げたら、そのうちおかしなことになっちまう。今にロビン・フッドに会いたがる輩《やから》が群をなして森に押し寄せるかもしれないんだ。少なくとも今の親子の知り合いは、その気になるだろう。彼らはここでただ飯を食って、温かい服を手に入れたんだからな」

仲間の一人が鼻を鳴らした。新しくここに住むようになった男だ。

WINGS
2018 DEC 12
ウィングス
10.28 ON SALE
希望者みんなもらえる! 描き下ろしペーパー 松本 花
表紙・尚 月地／ポスター・尚
定価：本体650円
復活の新連載!! 巻頭カラー!!
つだみきよ
「白金紳士倶楽部」
最高のジェントルマンになるための全寮制生活が始まった——!!
— 好評連載!!
尚 月地／霜月かいり
(原作・麻城ゆう＋道原かつみ)
碧也ぴんく／びっけ／夏目イサク
(原作・嬉野 君)
那州雪絵／荒川 弘／糸井のぞ
夏乃あゆみ／池田 乾／草間さかえ
松本 花(原案・毛利亘宏(少年社中)原作・井原西鶴)
獸木野生／篠原烏童
街子マドカ／金色スイス
ミキマキ／カトリーヌあやこ
堀江蟹子／菅野 彰×南野ましろ
— 読み切り
私屋カヲル／りさり
影木栄貴
デビュー20周年記念ショート
再開・連載スタート!!
遥かな未来の大冒険が帰ってきた!! R・J・セイバーヘーゲン博士が、村上静馬が!! なるしまゆりのもうひとつの代表作が奇跡の再開!!!
カラーつき!!
なるしまゆり
「原獣文書」
短期集中連載スタート!!
カラーつき!
をつかむまでの七転八倒エブリデイ!!
小鬼36℃
「東の空が白むころ」
ウェブで展開する、もう一つのウィングス!!
ウェブマガジン ウィングス
池田 乾／押上美猫／桑田乃梨子／テクノサマタ
高嶋ひろみ／高橋冴未／金色スイス／藤たまき ほか
ウンポコweb
うぐいすみつる／カラスヤサトシ／藤生／まじこ ほか
http://www.shinshokan.com/webwings/
毎月28日更新!! [無料

10月・11月発売の単行本

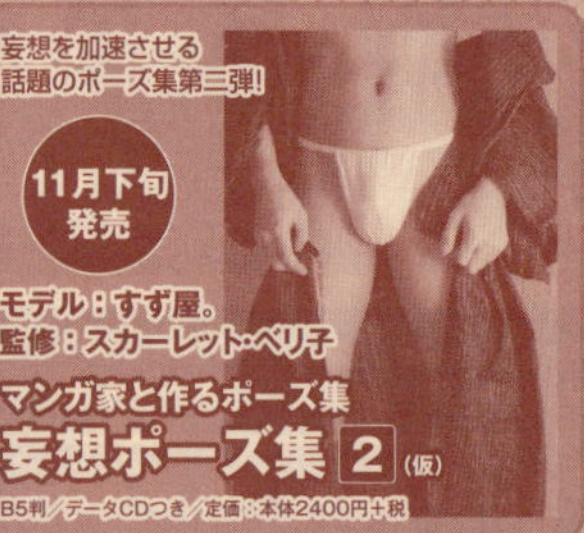

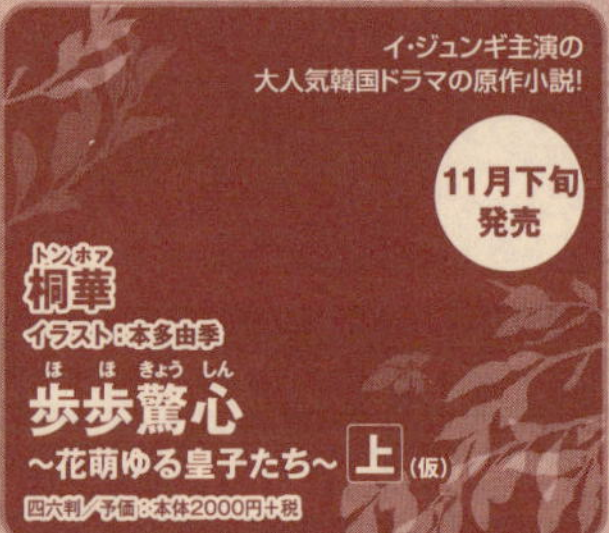

本好き女子のための、ドラマティック・ライトノベル!!
2、5、8、11月の10日発
小説WINGS
ウィングス
秋
2016年
11月10日(木)発売
予価：本体710円+
表紙・高星麻
カラー
和泉統子×高星麻子
「帝都退魔伝
～虚の姫君と真陰陽師、そして仮公爵～」
東宮ミア(♀)は変装して
邪神の調査へ……!?
恋と友情と封魔の
ファンタジー開幕!!
コミック
ヤマダ コト
(原作・ちあい)
「屋根裏の弁次郎さん」
最終回!!
杉乃 紘
ショートコミック
カトリーヌあやこ
「フィギュアおばかさん・出張版」
堀江蟹子「QPingデリ」
TONO「動物たれ流し」
エッセイ
菅野 彰×藤た
「非常灯は
消灯中」
津守時生×麻々原絵里
篠原美季×石据カチ
嬉野 君×カズア
麻城ゆう×道原かつ
縞田理理×如月弘
C・S・パキャット×倉花千
読み切り 渡海奈穂×紺野キ
ヒースは、三書の呪いを解けるのか!?
本を巡るファンタジー、ついに完結!!
河上 朔×田上トヲル
ガーディアンズ・
Guardians Guardian
ガーディアン
最終回!!
巻頭
カラー

「どうしてあの親子を助けたんだ、ニコラス？　何の得にもならないのに」

「放っておいたら子供が死ぬかもしれなかったからだ」

ニコラスの答えは穏やかだったが、そこには有無を言わさぬ響きがあった。

「そんなことになるのは見たくない」

この森の中では誰もが平等であるはずだったが、それでもやはり影響力を備えた者がいるということを、新入りは悟ったに違いない。誰も、ニコラスの言葉に異を唱えない。それは彼が暴君だからではなく、むしろその逆で、人を心の奥深いところで納得させることができるからなのだ。

「それに、何の得にもならないとどうして言える？」

アランが口を挟む。リュートを包み終えて脇に置き、彼は悪戯《いたずら》っぽく眉を上げてみせた。

「十何年かあと、メアリとマティルダが綺麗な娘になったとき、僕たちにキスしてくれるかもしれないじゃないか。先のことを見据えようぜ」

＊＊＊

一家を街道まで送った帰り道で、トマスはリトル・ジョンを見上げた。

「ニコラスは赤ん坊を手なずけてたね」

少年を見下ろして、ジョンはにやりと笑った。

「ああ、あいつは誰でも手なずける。おまえも手なずけられただろう」

「そうじゃなくて——抱き慣れてた。前にも赤ん坊を抱っこしたことがあるんじゃないのかなと思って。子供がいたのかな」

トマスは森で半年以上を過ごした。その間に、仲間たちの過去についても少しずつ知るようになってきている。秋になって夜の気温が下がってから、彼らは寝場所を森の洞穴に移動した。そこで過ごす長い夜には、様々な物語が語られたのだ。

トマスは森の住人に仲間として受け入れられ、彼らの過去や家族の話を聞いた。そして彼自身も、自分の家族の話を、すべてではないにせよ打ち明けた。今ではマッチが家から逃げ出して来たことも、ジョンが故郷で殺人を犯して森へ身を潜めている事情も知っている。

にもかかわらず、ニコラスの過去は依然として謎に包まれていた。ニコラスは自分のことを語らない。修道士だったという噂もあり、彼の流暢《りゅうちょう》なラテン語を聞くに、その説にはかなりの信憑性《しんぴょうせい》がある。しかし少なくともトマスとマッチは、彼が以前どこにいたのかすら知らなかった。仲間たちの多くが同様らしい。

だがトマスの見るところ、ジョンだけは例外だった。ニコラスの過去をたとえ断片的にでも知っているのは、ジョンだけのようだ。

考える時間を稼ぐかのように、ジョンは顎を掻いた。

「——ああ、いたらしい」

ようやくそう答える。トマスとマッチは顔を見合わせた。

「その子は今どこに？」

トマスの問いに、大男はちらりと視線を上へ向けてみせた。巨木の枝が彼らの頭上を覆っていたが、意味するところは明らかだ。

マッチが息を呑んだ。

「死んじゃったってこと？」

「ああ」

「それでニコラスは、自分も死にたいと思ったの？」

ニコラスが悲しみに暮れて心を閉ざしていたことを、マッチは知っている。

去年森に入って来たとき、ニコラスは今のような穏やかな男ではなかった。絶望に打ちのめされ、骸骨のように痩せ衰えて、神の側に行くことだけを願っていた。本気で世話を焼いたのはリトル・ジョンだけだった。その他の者たちは皆、数日中にこの男は死んでしまい、ジョンは森の中に死体を埋葬することになるだろうと考えていたのだ。

「多分、そうなんだろうな」

そう答えて、ジョンは、好奇心に満ちた二人の少年を交互に見た。

「いいか、ニコラスは家族を亡くした。今もまだ悲しんでる。そしてその話はしたくないと思ってる。無神経に子供のことを訊《き》いたりするんじゃないぞ。ニコラスが話す気になるまで黙って待つんだ」

二人は神妙な顔で、そうすると約束した。

＊＊＊

リトル・ジョンがニコラスを森の中で見つけたのは、昨年の三月のことだった。

まだ冷たい夜気の残る早朝だった。弱々しい太陽の光が、木々の間から白く差し込んでいた。水を汲《く》みに行ったジョンは、小川の側に、何者かが仰向《あおむ》けに倒れているのを認め、ぎょっとしたのだ。

最初は、ぼろ布を纏った、行き倒れの死体だと思った。だがジョンが見下ろすと、男は目を開いたのだ。そして口もきいた。

だが男のしわがれ声は、ジョンには理解できない言葉を紡ぎ出した。ジョンは地面に膝をつき、骸骨のように痩せた男の顔を間近に眺めた。

「英語は話せないのか？」

男は目を閉じた。しばらくそのまま休んでいるようだったが、やがて再び瞼《まぶた》を上げたとき、その口元には微かな笑みがあった。

「話せる。頼むから、放っておいてくれ」

「放っておく？」

リトル・ジョンは片眉を上げた。

「ここで死んで、腐るつもりか？　やめてくれ、川の水がまずくなっちまうからな」

湿った枯れ葉の上で、男は頭を横に向けた。初めて気付いたかのように、小川のせせらぎに耳を傾ける。

「ああ、そうか」

やがて男はぽつりと呟《つぶや》いた。

「――すまないが、私をここから引きずって行ってくれないか？　どこか、朽ち果てても迷惑にならない場所へ」

「冗談だろう？」

「いや……」

男は目を閉じた。

「もう、自分では歩けそうにない……」

そして、彼は意識を失った。

ジョンは咄嗟《とっさ》に男の呼吸を確かめ、魂がまだ身体に留まっていることを確認した。それから男の上半身を抱え、肩の上に載せてから立ち上がる。男の荷物らしい汚れた雑嚢《ざつのう》が落ちているのを見つけ、それも拾い上げた。

しかしジョンが向かったのは、男が望んだような捨て場所ではなく、彼と仲間たちが身を寄せ合って暮らしている森の洞窟だった。

仲間たちの大半はジョンの行為に呆《あき》れた顔をした。しかし真っ向から批判する者はいない。リトル・ジョンは、死に掛けている人間を見捨てて帰り、平然としていられるような人間ではないのだ。誰よりも心優しく、信仰心が篤《あつ》い。その一方で、もし行き倒れの救助を嘲る者がいれば、相手を拳で殴りつけることくらいは躊躇《ためら》わずにやってのける。ジョンに殴られた者は身体が宙を舞うほど吹っ飛び、下手をすれば骨折もしかねない。

それから数日の間、ジョンは男の身体に毛皮を掛けて温め、口に水や粥《かゆ》を流し込み続けた。初めはされるがままになっていた男は、意識がはっきりしてくるにつれてジョンの世話を拒絶しようとした。だがジョンは辛抱強く、結局、男はジョンを怒らせることすらできなかった。

ある朝、ジョンは仲間の一際大きないびきで目を覚ました。そして隣に寝ていたはずの男がいなくなっているのを知った。

彼はそっと起き上り、風よけに垂らしてある鹿の毛皮をめくって、洞窟の外に出た。周囲を見回す。男は少し離れた場所に両膝をついていた。両手を組み合わせ、目を閉じたまま天を仰いでいる。

「……イエス・キリストの救いの恵みによって、私の罪を取り去り、洗い清めたまえ。救いの喜びを与え、あなたの息吹きを送って――」

ラテン語だったが、ジョンにはそれが、祈りの言葉であることが判《わか》った。彼の生家の近くには修道院があり、修道士たちが同じ言葉で、日々の聖務日課を執り行っている声が聞こえていたのだ。

ジョンは男に近付いた。足元で枯れ枝が折れ、乾いた音を立てる。その音が聞こえたに違いなかったが、男はジョンのほうを見ようともせず、一心に祈り続けていた。

ジョンは男の隣に跪《ひざまず》いた。

両手を組んで頭を垂れ、目を閉じて、祈りの言葉に耳を傾ける。長い間、ジョンは祈りから遠ざかっていた。人を殺めてこの森に逃げ込んで以来、彼は祈りを、神の怒りを恐れていたのだ。、仲間たちもまた、この森で神に祈ることはなかった。

「――どうか精霊を豊かに注いで私の罪を許し、回心の恵みをお与えください。今後はキリストに従って生きる者となり、真の愛を実践できますように……」

しかし今、男の穏やかな低い声が、ジョンと神とを再び結びつけている。神の存在を、これほど強く感じたことはない。修道院の鐘の音が、ジョンの耳に甦《よみがえ》った。故郷と家族の姿が、脳裏へ一気に押し寄せる。

ジョンの目に、熱いものが込み上げた。

祈りが途切れた。だがしばらくの間、ジョンはその場から動けなかった。

目を開けると、涙に滲《にじ》んだ視界の中で、男がじっと彼を見つめていた。

ジョンは男の穏やかな茶色の瞳を見返した。

「神があんたをここに遣わしたに違いない」

「……それはどうかな」

皮肉めいた笑みが、男の唇に浮かぶ。

「私は別のことを考えていた。私を生かしておくために、君が神から遣わされたのではないかと」

ジョンとは違い、男はそれを、ありがたく思ってはいないようだった。ジョンは気付かないふりをした。

「俺はジョンだ。ここではリトル・ジョンと呼ばれている」

初めて、男が声を立てて笑った。意図した通りの反応を引き出して、ジョンは満足した。

「あんたの名前は？」

「ニコラス」

「坊さんなのか？」

この問いに、一瞬間が空いた。ニコラスは曖昧に片手を振った。

「……昔は」

ジョンは眉をひそめた。

「昔？　どこで？　今は俗世間に戻ったのか？　どうして？」

次々に湧く疑問をそのままぶつけられて、ニコラスは辟易《へきえき》したような顔になった。ゆっくりと草の上に座り直す。

そして結局、彼は諦めたような顔でこう告げた。

「――私は、聖堂騎士団員だったんだ」

「へえ」

ジョンは目を丸くした。聖堂騎士団員は、剣を取って戦う修道士の組織である。俗世を捨て、キリスト教徒を守るために戦う、選《え》りすぐりの戦士たちだ。リチャード王の十字軍遠征でも、彼らは重要な役割を果たしていたはずである。

ジョンは男の隣に腰を下ろした。

「それがどうして、こんなところで死に掛けてた？」

そう問われてようやく、ニコラスは頭を巡らせた。周囲を囲む森の巨木を見渡し、目を瞬《しばた》く。

「ここはどこだ？」

ジョンは笑い声を立てた。

「シャーウッドの森だ。ノッティンガム州、イングランド」

記憶を辿《たど》るように、ニコラスは目を閉じた。

「……イングランド」

その言葉を嚙《か》み締める。

「では、私は辿り着いたのか」

ジョンは片眉を上げた。

「今までどこにいたんだ？」

「ヴェニスだ」

「どこだって？」

「ヴェニス。フランスのさらに東だ。イタリア半島の付け根にある町の名前だよ」

ジョンは距離を推し量ろうとしたが、到底無理な話だった。彼はイングランドを出たことがない上、地図というものも見たことがない。

「でもあんたは、イングランドの言葉を話してるな」

ニコラスはうなずいた。

「イングランドで生まれたんだ。十一のときに大陸へ渡った。それからずっと、向こうで暮らしていた」

「最初にあんたを見つけたとき、あんたは外国の言葉を話していた」

ぼさぼさに伸びた髪を、ニコラスは片手でぼんやりと掻き上げた。

「……何を言ったのかは覚えていない」

「放っておいてくれと言ったよ」

ジョンの言葉に、ニコラスは俯《うつむ》いた。口元に苦笑が浮かんでいる。

「ああ……思い出した。君は、私がそこで死ぬと川の水がまずくなるとか言ったな」

二人は笑った。そしてしばしの間、森の緑と静寂を楽しんだ。

「お祈りは久し振りだ」

やがて、ジョンが口を開く。

「気付いてただろうが、ここは無法者の吹き溜まりだ。祈りを捧《ささ》げる習慣は——ここに来てからいつの間にか途絶えてた」

ニコラスは非難しなかった。それどころか、彼は本心からの理解を示した。

「ああ、判るよ。どんなに神に祈っても——届かないと思えるときがある」

そして、付け加える。

「私も長い間祈りを捧げていなかった。だが私は人生の半分以上を、修道院の仲間と共に過ごした。習慣はそう簡単に抜けないものだということを、さっき思い知ったよ」

ジョンは隣に座る男の横顔を見やった。

「なあ、坊さんなら、俺の告解《こっかい》を聞いてくれないか」

しかしニコラスはかぶりを振った。

「私は司祭じゃないよ、ジョン。ただの修道士だ。告解を聞いても、君に赦《ゆる》しを与えることはできない」

「ああ、だが、聞いてもらいたい。あんたが修道士ならそれで十分だ」

「ジョン」

ニコラスは首を捻《ね》じ曲《ま》げて大男を見やった。表情が翳《かげ》っている。

「今の私は、聖堂騎士団員ですらない。私は——逃げてきたんだ。罪を犯して」

ジョンは肩をすくめた。

「ここにいるのは皆、似たり寄ったりの連中だ。つまり、全員心に疾《やま》しいことを抱えてる。駄目だというのなら、赦しはいらねえよ。告解を聞いてもらいたいだけだ。少なくともあんたは、神に語りかける言葉を知ってる。司祭じゃなくても、俺のために祈ってくれるだろう？　それとも、俺が命を助けたってこと、根に持ってるんじゃないだろうな？」

しばらくの間、ニコラスは前方を見つめたまま考えているようだった。森で死ぬという企《たくら》みを阻止したことで、もしかしたら本当に、自分に腹を立てているのかもしれないと、ジョンは不安を覚えた。

ニコラスはゆっくりと、ジョンに向き直った。その眼差しは厳かな修道士のものだった。

「判った、聞こう」

その瞬間から、彼らのいる場所は教会になった。

壁もなければ屋根もなく、小さな十字架すらなかったが、そこは間違いなく神聖な場所だった。ジョンは大きく息を吸い込み、吐き出した。

「俺は農夫だった」

彼はそう口を切った。

「自分の小さな畑を耕しながら、他の連中と領主の畑の面倒も見て、そうやって暮らしていた。お袋と兄貴と一緒にな。貧乏人だったが、何とか食って行けた――俺の図体でも」

ニコラスの口元に笑みが浮かんだのを見届けて、ジョンは続けた。

「だけど、そこの領主の息子が嫌な野郎で」

知らず、唇が歪《ゆが》んだ、その顔を思い出しただけでも不快な気分が甦る。

「お袋を鞭《むち》で叩きやがった。働きが悪いと言ってな。俺はそれを見て飛び出したんだ。奴の首を掴んでお袋から引き離した。地面にぶん投げたとき、骨の折れる音がした――奴は死んだ」

自分が殺した男の捻れた身体を見ても、ジョンの気分は晴れなかった。周囲では驚きと恐怖の声が上がっていたが、それは、ぼんやりと遠い騒音に過ぎなかった。ジョンはまだ、母を鞭打った男が立ち上がり、自分に罵声を浴びせるのではないかと待ち構えていたのだ。

「兄貴が走って来て、俺の背中をどついた」

ジョンはそのとき感じた背中の痛みを鮮烈に覚えている。彼の兄もまた、大柄で力の強い男だった。二人が喧嘩《けんか》をすると家が壊れると、母親は本気でそう言っていたものだ。

「それで兄貴が言ったんだ。馬鹿野郎、何をぐずぐずしてる、さっさと逃げろって。俺が領主の息子を殺したところは、畑にいた全員が見てた。俺は何もかも放り出して逃げ、今はこの森にいる」

ニコラスは黙ったまま、ジョンの話に耳を傾けていた。言葉が途切れた後も、非難めいたことは一切口にしなかった。彼はただこう言ったのだ。

「今日からは、その男と、あんたの魂のために祈ろう」

低い声には、温かい響きがあった。

自分は司祭ではないとニコラスは言った。だが、本物の司祭の赦しと同じように、彼がジョンの心に安らぎを与えたのは間違いのない事実だ。

「ありがたいよ、本当に」

ジョンの礼にニコラスがうなずいた。ジョンはふと好奇心に駆られて尋ねてみた。

「それで、あんたの罪っていうのは？　俺も、あんたのために祈ろうか？」

「……」

その途端に、ニコラスが表情を強張《こわば》らせた。触れてはならぬ部分に触れてしまったらしい。ジョンは慌てて言い足した。

「無理に聞こうってわけじゃないが」

ニコラスは逡巡した。そして口を開く。

「息子が……」

しかし彼は、そこで言葉に詰まった。のろのろと両手に顔を埋《うず》める。口にするのも辛い事情があるのだと、ジョンは察した。

「なあ、ニコラス」

話を変える。

「ここにはずっと、祈りが無かった。少なくとも、ちゃんとしたラテン語で祈禱《きとう》できる奴はいなかった。あんたがいてくれればありがたい。ここにいるのは悪党ばかりだと思われてるが、実際、本当に悪い奴はいない。だがもし、あんたが、俺みたいな人殺しと一緒にいるのが嫌だというのなら……」

ニコラスの喉から、自嘲しているような笑い声が漏れた。茶色の瞳が、ちらりとジョンを見やる。

「ジョン、私は君よりもはるかに大勢の人間を殺したよ。兵士だったんだ。祈り、そして殺す。それが仕事だった」

そして彼は、小さな溜息《ためいき》を吐《つ》いた。

「――ここでも、同じことができないということはないだろう」

＊＊＊

それ以来、ニコラスは一度も、自分の過去について語ったことがない。

そしてジョンも、トマスとマッチが尋ねるまで、ニコラスから聞いた話を口にしたことがなかった。

そっとしておくべき問題だ。それにもし、ニコラスと聖堂騎士団の関わりが外に漏れるようなことになれば、聖堂騎士団の人間が、脱走したかつての兄弟を裁きの場に引きずり出そうとする恐れもあった。聖堂騎士団には、ニコラスはもうどこかで野垂れ死んだと思わせておくほうがいい。

シャーウッドの森には、祈りが根付いた。

もちろん最初は、戸惑う者もいた。ニコラスもジョンも、祈りに加わるように強制したりはしなかったが、ニコラスの低いラテン語の祈禱が聞こえると、誰もがつい、それまでやっていたことを中断し、口を噤《つぐ》んでしまうのだった。そして結局、神に祈りを捧げたところで何の害もなく、自分たちの犯した罪、そしてこれから犯すであろう罪の意識が幾らか軽くなったような気がする上、リトル・ジョンを喜ばせることができるということを、誰もが納得したのだ。

ニコラスが、レイフと並ぶ弓の名手であることも、仲間たちの心証を良くした。他の者たちも弓矢は使うが、レイフとニコラスには到底敵《かな》わなかった。たとえレイフが獲物に恵まれなかったとしても、その代わりにニコラスが何かを獲《と》って来てくれる。これによって彼らの食生活は改善した。

そして強盗の業も洗練された。ニコラスが、食事の代金を取ることを提案したのだ。客に食事を出して寄進を受けるのは、修道士のやり方だ。森の仲間たちはこれを気に入った。困窮する者には手を差し伸べるのも、やはり修道士のやり方で、無法者たちはこれもまた気に入った。彼らのほとんどは、食べるために罪を犯し、ここへ逃げ込んできた者たちだ。苦しい境遇にいる者には共感を抱く。

アランとトマスが仲間に加わった後も、森の仲間は、新たに十一人増えていた。

皆、ロビン・フッドを頼ってきたのだ。ロビン・フッドの名は、ノッティンガムに知れ渡っていた。ロビン・フッドとその一味は、城に囚われた仲間をまんまと救い出して、州長官にひと泡吹かせた。さらにその後まもなく、ロビンは大胆不敵にも城の弓術大会に参加し、見事優勝してのけたのだ。

庶民たちはこれらの出来事に、胸のすくような思いを味わった。ロビン・フッドの名が憧れを込めて囁《ささや》かれ、王家による厳しい税の取り立てと、食べ物の足りない秋の後、ロビンを頼って森に入る者が相次いだのである。

そして、本当に寄る辺なく、腹を減らし、無法者になる覚悟を決めた者は、森の仲間として受け入れられた。

幸い、彼らには食べ物の貯蔵があり、金もある。本格的な冬の前に、彼らは暖かい洞窟へと居を移したが、寝る場所にもまだ余裕があった。

森の外では王弟ジョンの反乱が続いていたが、シャーウッドは平穏だった。世の中で起こっていることについては、新参者から聞く話と、時折ノッティンガムの町へ出掛けるアランが持ち帰る噂でしか知ることもない。それでも、ジョン王子が次第に形勢不利になってきていること、そして過酷な税の取り立てによって、人々と役人の小競り合いが各地で起こっていることは、彼らの耳にも入ってきた。

クリスマスが近付いてきていた。

アランはワインを調達するためにノッティンガム州内をうろついていた。彼はクリスマスのために最高のワインを探すと、仲間たちに宣言している。ことワインに関しては、フランス人の血を受け継ぎ、自身もフランスで育ったというアランが、仲間の中では誰よりも信頼されている。

だがその日、彼が持ち帰ったのは、クリスマス用のワインではなかった。

「納得できるものが見つからなくてね」

空手で戻ってきたことについて、彼は仲間たちにそう説明した。

「だが絶対に、クリスマスまでには見つけるよ。今、あちこちに手を回しているところだ」

仲間たちはうなずき、アランには期待と激励の言葉が送られた。しかしアランがワイン探しを中断して森に戻ってきたのには、本当は別の理由があったのだ。

その夜、皆が寝静まろうとする頃に、アランはそっと、ニコラスを洞窟の外へと連れ出した。誰にも話を聞かれぬ場所まで引っ張って行く。

「キムバーリーって村で、偶然耳に入ったんだ」

白い息を吐きながら、アランは押し殺した声で言った。

ニコラスはフードの下から、アランの黒い目を見た。少し離れた場所では、焚火が夜通し燃え続けている。その光を反射して、アランの瞳は落ち着かなげな色を湛《たた》えていた。

「何の話だ？」

ニコラスの問いに、アランはちらりと周囲を窺《うかが》った。

「トマスのことなんだよ」

さらに声を低めて続ける。

「僕には関係のない話なんだから、聞かなかったふりをするべきだったかもしれない。だけどトマスはまだ子供だし――誰かが世話を焼くべきだと思ったんだ」

「何を聞いたんだ？」

「サー・サイモン・オブ・セルストンの話だ」

ニコラスは片眉を上げた。

「聞いたことのない名前だ」

「彼はトマスの父親だ」

早口に、アランは続けた。

「サー・サイモン本人に確認したわけじゃないが……トマスの父親だと思う。トマスという長男が四月から失踪中で、今は二番目の妻と幼い次男と暮らしている。トマスの話と、完全に一致する」

ニコラスはうなずいた。トマスは父親の名前も家の場所も明かしていなかったが、確かにこれは、偶然の一致で片付けられる話ではなかった。アランが注意を引かれたのも当然だ。

「それで？」

「キムバーリーの酒場で、噂を聞いたんだ。サー・サイモンは長男がいなくなって以来、毎日家の周りを回って、息子が帰って来ないかと目を凝らしているらしい。毎日だ」

「……」

思わず言葉を失ったニコラスに、アランは真剣な声音で囁いた。

「なあ、トマスに教えてやったほうがよくないか？　あいつが何で家を出たのかは知らないけど、少なくとも父親は、あいつの帰りを待ってるんだよ。あいつには帰る家がある——僕たちとは違って。帰してやるべきなんじゃないか？」

トマスがどうして家から逃げ出さなければならなかったのか、本当の理由を知っているのは当人とニコラスだけだ。

家族のことについては、トマスは少しずつ仲間に打ち明けている。しかし幼い弟を危うく殺すところだった一件については、他の誰も知らない。

それでも、アランがこの話をトマス本人ではなくニコラスに伝えたのは、トマスの胸中に複雑なものがあるのを察しているからだろう。仲間たちは、互いの過去に不用意に踏み込まない。それが、この森の不文律になっている。アランはそれを侵したくないのだ。何故なら彼自身にも、触れられたくない過去があるからだと、ニコラスは感じ取っていた。

「……余計な世話だと思うか？」

アランは少しばかり後ろめたそうだった。無意識のうちに、ニコラスの裁定を求めている。

いつしか自分がこの森の司祭になっていることを、ニコラスは改めて思い知らされた。

自分にその資格は無いのだと幾ら言っても、仲間たちはニコラスを通して神の言葉を知りたがる。ニコラスはそれを受け入れることにした。自分が司祭のように振舞うことで、彼らの心にある重荷が少しでも軽くなるのなら、彼は司祭の役目を続けるつもりだった。

自分には過ぎた責任を背負わされていると感じることもある。だが、それは彼にとって一種の救いでもあった。自分がかつて犯した過ちは決して消えない。それでも、神はそれを償う機会を彼に与えてくれるのだ。

「君は親切な男だ、アラン」

ニコラスは静かに答えた。

「明日、私がトマスに話してみよう」

そう約束すると、アランはほっとしたように息をついた。

「サー・サイモンのことを聞いた途端に、ワインのことが頭から吹っ飛んだんだ」

口の端に、いつもの陽気な笑みが戻る。

「また明日の朝出掛ける。今度こそ、いいワインを見つけてこないとな」

そう言って、アランは寝に行った。

ニコラスは焚火へ足を向けた。宵っ張りの男たちが四人、火に当たりながら静かに話している。

そのうちの一人は、最近になって森に入ってきた男だった。年の頃は四十前後で、少し頭がおかしいと言われている。二人の息子が、いつか財宝を山ほど抱えて帰って来ると言い張っているからだ。

だがニコラスは、この男がおかしいとは思わなかった。話の端々から、この男の二人の息子が、リチャード王と共に十字軍に参加し、エルサレムへ向かったことが判っている。多くの若者が、十字軍戦士として王と共に異教徒の地を訪れ、華々しく活躍することを夢見て旅立った。彼《か》の地で異教徒たちの溜め込んだ金銀財宝を懐に詰め込み、大金持ちになれると言われていたのだ。十字軍遠征に参加し、生きて戻れば、一生安泰に暮らせるのだと。

それがただの幻想であることを、ニコラスは知っていた。

この仲間の二人の息子が、大金持ちになって父親を迎えに来ることはない。恐らくそれは、この父親にも判っているのだ。十字軍遠征によって、金持ちになった兵士はいない。よしんばいたとしても、帰路で追い剝ぎに襲われ、全てを失ってしまう。十字軍に参加したよそ者は、土地の盗賊にとっていい獲物なのだ。ニコラスは大陸で、そんな事例を嫌というほど見聞きしてきた。

炎に照らされた男の顔は、老人のように力を失っている。十字軍に行った彼の息子たちは、恐らくもう死んでいるだろう。大勢のイングランドの若者が、大陸で死んだ。もし生き延びたのなら、とうにイングランドに戻ってきているはずだ。

「息子たちが戻ったら」

彼は以前、森の仲間たちに語ったことがあった。

「悪いが俺は、こんな森からはおさらばするよ。息子と暮らすんでな。お城みたいな家を建てて。落ち着いたら、おまえさんたちを招待してやってもいいよ」

仲間たちはそれを笑って聞き流したが、ニコラスの胸は痛んだ。

息子たちを待つといいながら、この父親は、彼らの消息を知るための手を何一つ講じていない。そんなものが得られるはずはないと、本当は知っているのだ。だが彼は、自分にそれを認めるわけにはいかない。認めてしまえば、二人の息子は永遠に失われてしまう。

「あんたも飲むかい。寝酒によ」

その男が、仲間内で回していた革袋をニコラスの手に渡してくれた。ニコラスは勧められるがまま、中身を一口流し込んだ。若いワインが、舌の上に鋭い後味を残した。

ニコラスは革袋を返した。

「ありがとう。私はもう寝ることにするよ」

「あいよ、いい夢を」

無邪気な言葉を背中に受けて、ニコラスはその場から立ち去った。

もう長い間、いい夢など見たことがないと考えながら。

＊＊＊

自分がサー・サイモン・セルストンの息子であることを、トマスは認めた。

翌朝の、朝食の後のことだった。アランはすでに出掛けてしまっていたが、ニコラスはトマスを伴って仲間たちから少し離れ、昨夜アランが持って帰った情報を話して聞かせたのだ。

実際には、トマスは父親の名を口に出して認めたりはしなかった。だが事実は明らかだ。サー・サイモンの名を聞くなり、トマスは青ざめ、鞭で打たれたかのように立ち竦《すく》んだのである。

青い目を見開いて自分を見ている少年の肩に、ニコラスはそっと手を置いた。

「君は家に戻ったほうがいい、トマス。父上が待っている」

ぎくしゃくと、トマスはかぶりを振った。

「駄目だよ……だって――」

ごくりと唾を飲み込む。

「義母は、僕を憎んでる。アレックも同じかもしれない。父上もそうだったら？　もしかしたら僕は殺されるかも……」

「トマス」

少年の言葉を、ニコラスは遮った。

「そんなことにはならない。きちんと話をすればいい。父上は君を信じる」

「何でそんなことが判る？」

トマスの口調に、悲痛な響きが宿る。

「僕がいなくても、跡継ぎにはアレックがいる。父上だって、そのうちに僕のことを忘れるよ」

「それは違う」

ニコラスの手に力がこもり、トマスは口を噤んだ。青い目が潤み始める。ニコラスはこぼれ落ちた涙を拭ってやった。

「十字軍に行った息子たちを待ち続けているあの父親を、君も知っているだろう。あそこに座って、毎日息子の話をしている。だが彼の息子たちは、帰って来ない。神が奇跡を起こしてくださらない限り、復活の日まで彼は二度と、息子たちの顔を見ることはない。それがどんなに悲しいことかは、君にも判るはずだ」

「……」

トマスは答えなかった。歯を食いしばっている。新しい涙が溢《あふ》れる。

「ここで暮らしている限り、君は死んだも同然だ。だが君は、復活の日を待たずに生き返ることができる。神がお望みなら、家族の元に帰れる」

引き寄せられるまま、トマスはニコラスの肩に顔を埋めた。子供が親に縋《すが》るようにしがみつく。トマスの背中を撫《な》でながら、ニコラスは、少年の嗚咽《おえつ》が止まるのを辛抱強く待った。そして考える──自分の息子が生きていたら、こんな少年に育ったのだろうかと。あのとき失っていなかったら、まだ自分の腕に抱いていられたのだろうかと。

やがて、トマスは静かになった。ニコラスの肩にもたれたまま、くぐもった声を出す。

「……僕は行けない」

まだ泣いているような声音だ。ニコラスはトマスの髪を撫でた。

「無事でいると、知らせてやったほうがいい」

「でも——僕は行けない。だって……判らないから……家族が僕をどう思ってるのか……」

「確かめなければ、いつまでも判らないままだ」

長い間、トマスは黙り込んでいた。そしてようやく呟く。

「それに僕は……僕も判らない。家に帰りたいのか……」

「私たちは、君を追い出したりはしない、トマス。君が望む限り、この森が君の家だ」

ニコラスは言った。

「だが、君の父上を放ってはおけない。私が行くよ」

弾《はじ》かれたように、トマスは顔を上げた。赤くなった目が、呆然《ぼうぜん》とニコラスを見つめる。

「私が行くよ、トマス」

その目を見つめ返しながら、ニコラスは繰り返した。

❋❋❋

翌日、ニコラスは旅支度を整えてシャーウッドの森を出た。

リトル・ジョンが、彼に付き添っていた。ニコラスは一人で出発するつもりだったのだが、ジョンが難色を示したのだ。

「あんたがくだんのロビン・フッドに似てると、どこかの誰かが気付くかもしれないだろう？　それに、追い剝ぎが出るかもしれない。一人で行くのは危ない」

真面目な顔のリトル・ジョンに、ニコラスは苦笑した。

「アランは一人で出かけたのに？」

しかしジョンは譲らなかった。

「あいつは顔が広い。しょっちゅうそこらをうろついている。だがあんたは、トマスを助けにノッティンガムに行って以来、ずっと森の中にいただろう？　おまけに、その前は大陸に住んでた。森の外に一歩出たら、方角だって判らないだろう」

ジョンの言うことにも一理あると、ニコラスは認めた。そして二人は出発したのだ——泣きそうな顔で立ち尽くしているトマスと、事情を呑《の》み込めぬまま不思議そうな顔をしている他の仲間たちに見送られながら。

彼らは巡礼を装って北に向かった。

クリスマスのミサのために、ヨーク大聖堂を目指す。人に尋ねられれば、そう答えることにしている。トマスの家族が暮らすセルストンは、ヨークへの途上、少しばかり脇道に逸《そ》れたところにある。

シャーウッドの森の外に出ると、世界は銀色になっていた。

森の奥深くにいると、幾重にも重なった木々の枝に阻まれて雪はなかなか下にまで落ちて来ない。

畑には雪が積もり、道は溶けた雪でぬかるんでいる。二人はその光景にまず驚いた。森の外に出たのは、二人とも五月以来だったのだ。

とはいえ、道に迷うことはなかった。彼らと同じような巡礼者が、ヨークを目指しているのにたびたび行き合った。地元の者も、クリスマスの準備で忙しくしている。薪《まき》や、殺した豚や鳥を運ぶ者が行き交い、道を尋ねる機会は幾らでもあった。

雪道に足を取られながら、ニコラスとジョンはセルストンへ近付いて行った。

途中で日が暮れたが、近くにあった小さな修道院が、巡礼たちに宿と夕食を提供してくれた。他の巡礼たちの中には、戦況について詳しい男もいた。彼の話によると、反乱を起こしたジョン王子の軍勢は城に閉じ込められ、今は身動きができなくなっているらしい。北部ではヨーク大司教の軍が、ジョン王子を足止めしているという。かつて父王ヘンリーの元で軍事の才能を花開かせたヨーク大司教ジェフリーは、異母弟ジョンの軍勢をうまくあしらっているようだ。

「ジョン王子は必死だろうな」

狭い宿坊で身を寄せ合いながら、巡礼者たちは話し合った。暖炉の小さな火が、彼らの顔を赤く照らし出す。灯りはそれだけだったが、暇つぶしのお喋《しゃべ》りには十分だった。

「リチャード王が戻ってきたら、一体どんな目に遭わされるのやら」

「ジョン王子は、兄貴を何とか大陸で暗殺しようと企《たくら》んでるはずだ」

別の一人が訳知り顔に自説を披露する。

「きっと暗殺者たちがリチャード王に群がってるだろうさ。そいつらが王にどれだけ近寄れるかは判らんがね」

「だけどジョン王子に、暗殺者に払う金があるのかね？」

「リチャード王を殺しちまえば、イングランドもフランスの領地も、全部ジョン王子のものになるんだぜ？　それくらいの金、幾らでも工面できるだろうよ」

「だがそれを、エリナー王太后が許すと思うか？」

リチャード王が大陸で死んでジョン王子が王位を継ぐか、それとも無事にイングランドへ戻ってきたリチャード王が弟王子を捕えるのか、もう少しで賭けが始まるところだった。ニコラスが冷静に口を挟まなければ、一晩中でもその賭けについて話し合われていたかもしれない。

「皆、明日にはここを出るんだろう？　賭け金の分配はどうするんだ？」

「ここの司祭様に頼んだらどうだろう？」

一人の提案に、ジョンが顔をしかめる。

「リチャード王がいつ戻って来るのか全然判ってないのに？　そのときが来て、ここに賭け金を取りに来たところで、司祭様は何の話か覚えてもいないだろうよ。覚えているのはクリスマスの前、何故《なぜ》か献金が増えたってことだけだ」

この一言で巡礼たちは自分たちの馬鹿さ加減に笑い声を上げ、議論はお開きとなった。

やがて宿坊には寝息が聞こえ始めた。

＊＊＊

ニコラスとリトル・ジョンは、翌朝、他の者たちより少し遅れて宿坊を出た。ヨークに行く巡礼者たちと共に出発するわけにはいかなかった。ヨークへ向かう道から途中で外れる理由を説明するため、さらに嘘《うそ》を重ねなければならないからだ。

セルストンには、翌日の昼過ぎに着いた。

トマスが生まれ育った家は、頑丈そうな石造りの屋敷だったが、城というには程遠い。だが手入れは行き届いており、裏手に林があって、身を隠すのにはうってつけだった。恐らくここが、トマスが危うく弟に矢を突き立てそうになった現場なのだろうと、ニコラスは考えた。今は積もった雪で、裏庭の様子がどうなっているのかは判《わか》らない。

二人は林の中に、人を待つのに都合のいい場所を見つけた。倒木がおあつらえ向きのベンチになっている。

雪を払いのけてそこに腰を落ち着け、寒さしのぎに革袋のワインを少しずつ飲みながら、彼らはサー・サイモンが現れるのを待った。息子が帰って来る気配を捜して、彼は毎日家の周囲を巡るという。それが本当ならば、姿を見ることができるはずだ。

「なあ、ニコラス」

ワインを飲み下して、リトル・ジョンが小声で尋ねた。

「おまえがトマスに、ここまでしてやるのは何故《なぜ》だ？」

通行人から不用意に姿を見られぬように、ジョンは大きな身体を精一杯縮めている。ニコラスは肩をすくめた。

「知らせを持ってきたのはアランだ」

「ああ、確かにな。だがアランもセルストンまで足を運んだりはしなかった。俺だって、トマスを家に帰すことには賛成だ。あいつは家に戻ったって、森の仲間のことを喋《しゃべ》ったりしないだろうしな。やろうと思えば、俺たちはあいつを縛り上げて、ここまで運ぶことだってできたんだぜ？　だがあんたは、一人でここに来た」

「君が一緒に来てくれた」

「それは、あんたが迷子になるんじゃないかと思ったからだ。俺一人でもトマスを担ぐのは簡単だったんだぞ」

ニコラスは前屈《まえかが》みの姿勢で膝の上に両肘をついた。屋敷のほうを見張りながら話す。

「トマスは帰るのが怖いと言ったんだ。私も、本当のことが判らぬままトマスを帰すのが怖かった。サー・サイモンが毎日息子を捜しに出るのは、愛する息子を取り戻したいからなのか、それとも――考えたくはないが、罪を犯した息子を罰したいからなのか、それを知りたいんだ」

「……あんたは知ってるんだな？　トマスは何をしでかしたんだ？」

ニコラスは微《かす》かにかぶりを振った。

「私は司祭じゃないが、私だけに打ち明けられたことを、人に話す気はないよ」

「それなら、無理に聞き出しはしないさ。あんたの首を絞めてみたところで、口を割りはしないだろうからな」

ニコラスが小さな笑い声を立てる。リトル・ジョンは溜息《ためいき》を吐《つ》いた。

「だが考えた——俺にも頭はついてるからな。この間、小さな娘を二人連れた夫婦に食事を振舞ったとき、あんたは赤ん坊を、自分の子供のように抱いてただろう。それを見て、トマスはあんたに子供がいるんじゃないかと言ってた」

「……そうだったのか」

「なかなか鋭いと俺も思ったね。それから、昔あんたがぽろりと漏らした言葉を思い出した。あんたには息子がいたんだろう？　何か——大陸を離れなければならないようなことがあって、あんたはここに来た。あんたの言い方で言えば、罪を犯して。だからあんたは今、トマスと父親のことをこんなにも気に掛けてるんだ。違うか？」

ニコラスの茶色の瞳が、ジョンをじっと見つめた。ジョンも見つめ返す。

先に目を逸らしたのはニコラスだった。屋敷のほうに再び視線を据え、彼は口を開いた。

「ジョン——私は告解《こっかい》をしたい」

少なからず狼狽《ろうばい》して、ジョンは相手を見やった。

「告解？　おい、俺は司祭じゃない。修道士ですらない。俺に何を告白したところで——」

「だが君は誠実な友人だ。この話は、友人に聞いてもらいたい。聞いてくれないか？」

懇願の響きは、ジョンの胸を打った。ニコラスが他人にこんな頼み事をしたのを、彼は一度も聞いたことがない。大男はうなずいた。

「判った、聞くよ」

「ヴェニスにいた頃――一人の娘を愛した」

ニコラスの口調は鉛のように重かった。拍子抜けして、ジョンは片眉を吊《つ》り上げた。

「そんなことが罪か？」

ニコラスの口元に苦笑が浮かぶ。

「私は聖堂騎士団員だったんだよ、ジョン。もちろん、それは罪だった。私は神に貞節を誓ったんだからな」

片手で、こめかみを擦《こす》る。

「だが、アンナリーザと出会って、彼女をよく知るようになると、貞節の誓いはどこかに吹き飛んでしまったんだ」

ジョンにもそれは理解できた。彼自身、かつて近所に住む娘と恋に落ちた経験がある。

「アンナリーザか。きれいな名前だ。さぞかし美人だったんだろう。どんな娘だった？」

ニコラスはちらりとジョンを見やった。単なる好奇心ではなく、大真面目に訊《き》いているのを認める。

「――彼女は織物職人の娘だった。その職人のうちには娘が五人いて、アンナリーザは三番目だった。その他にも兄と弟がいて、両親が商売を取り仕切り、使用人も何人かいた。ヴェニスの織物職人としては、それなりに羽振りが良かったと言えるだろうな」

「家のことはいい。アンナリーザの話をしてくれ。嫌じゃなかったら」

「彼女は小柄で、黒い髪で、青い目をしてた」

彼女の思い出は甘美でもあり、また鋭い棘《とげ》のようなものでもあった。それを話すことが苦痛なのか否か、ニコラスに判らなかった。しかし彼は続けた。

「あそこの五人姉妹のうち、一番の美人は長女で、二番目は四女だと言われていたよ。だがアンナリーザは誰よりも頭が良くて、物怖《お》じせずに自分の意見を言い――私を幾らでも笑わせてくれた」

彼女の笑顔を、ニコラスは今でもはっきりと思い出せる。一度として、脳裏を離れたことはない。

「私はアンナリーザに、小さな家を買った」

「結婚したようなものだな」

ジョンの言葉に、ニコラスはうなずく。

「世間の言葉で言えば、彼女を愛人にしたというわけだ。だが私は彼女に家を買うことで彼女に誠意を示したつもりだったし、同じように女と暮らしている聖堂騎士団の兄弟たちは大勢いた。そういうことは、上からも大目に見られていたんだ。私には務めがあってずっと側にはいられなかったが、アンナリーザは毎日姉妹たちと一緒に機織りをして働いていた。アンナリーザの家族は……」

思い出を手繰って、ニコラスは言葉を切った。

「――多分、私のことを良くは思わなかっただろうな。特に父親は。だが、面と向かって非難されたことはなかった。睨《にら》まれたことはあったがね。多分彼女が父親に、自分の望んだことだと断言したんだろうな。私は彼女に、暮らしていくのに十分な金を渡していたし、彼女以外の女に目を向けたこともなかった。それで、彼女の家族のほうにも黙認されていたんだ。そして、彼女は男の子を産んだ」

ニコラスの唇に淡い笑みが浮かぶのを、ジョンはほろ苦い思いで見つめた。物語の結末は既に判っている。ニコラスはこの息子を失うのだ。

だがニコラスは続けた。

「彼女の祖父の名を取って、マルコと名付けた。アンナリーザは毎日マルコを織物工房に連れて行き、マルコは祖父母や伯父や伯母たちに可愛《かわい》がられた。だがマルコが二歳になったとき、リチャード王がはるばるイングランドから、十字軍遠征にやってきた。聖堂騎士団の一員として、私もエルサレムへ向かわなければならなかった。出発の前日、最後に会ったとき、アンナリーザは泣いていた。だがたとえ私が異教徒と戦って死んだとしても、マルコは立派な男に育てると約束してくれたよ」

リトル・ジョンは身を乗り出した。いつの間にかフードに積もっていた雪が、塊となって地面に落ちる。

「じゃあ、あんたはエルサレムを見たのか？」

ニコラスは小さく肩をすくめた。

「いや」

自分のフードや肩から雪を払い落とし、革袋から一口、ワインを含む。

「私は途中で脱落したんだ。熱病にかかって、動けなくなってしまった。一体何日の間、意識を失っていたのかも判らない。大勢の兄弟たちが死んだよ——戦争ではなく、病気にやられて。死体は身ぐるみ剝がされて放置され、あっという間に腐って、膨らんで——ひどい臭いだった。息もできない有様だった。ただひたすら暑くて……」

言葉が途切れた。彼は白い雪に覆われた地面を見つめた。その遠い視線の先にあるのは、灼熱の砂漠なのだろうと、ジョンは想像した。目にしたことはないが、雪に覆われたイングランドより、はるかに過酷な場所であることは察せられた。

やがて、ニコラスは再び口を開いた。

「とにかく私は病気にかかって、戦えなくなった。戦うどころか、立ち上がって歩くことすらできなかったんだ。だが、辛うじて生きてはいた。そして私のような病人は、船に積まれて送り返されたんだ。どこをどう運ばれたのかは判らないが、気付くと、私はローマの兄弟たちの元にいた。教会の施療院で手厚い看護を受けて、また歩けるようになった。それまでには、長い時間が掛かったが」

思い出したように、ニコラスはジョンへ視線を投げた。

「意識がはっきりしてくると同時に、私は無性に、アンナリーザとマルコが恋しくなった。ヴェニスに戻りたかった」

「ああ、そうだろうな」

ニコラスの瞳に、皮肉な笑みが閃《ひらめ》く。

「それである日、私は施療院を抜け出して、ヴェニスに向かった。つまり、脱走したんだ。杖《つえ》に縋《すが》って歩いたり、同じ方向へ行く馬車に乗せてもらったりしながら、何日もかけてヴェニスに辿《たど》り着いた。聖堂騎士団の兄弟たちがいる要塞へは近付きもしなかった。真っ先に、自分の家に戻ったよ」

ジョンはただ、ニコラスの茶色の瞳を見つめていた。ニコラスが目を逸《そ》らす。

「——だがその家には別の家族が住んでいた。彼らはアンナリーザとマルコのことは何も知らないと言った。がっかりはしたが、驚くようなことでもないと考え直したよ。私が十字軍遠征に参加している間、アンナリーザは息子を連れて、両親の家で暮らしていると思ったんだ。そこで彼女の両親が子供たちと住んでいる織物工房へ向かった。彼女の父親が出てきて、黙ったまま私を教会へ連れて行った――教会の、墓地へ」

ニコラスは両手で口元を覆った。ジョンはその背中に手を置いた。

「……気の毒に」

「アンナリーザとマルコは、流行病《はやりやまい》で死んだ」

淡々と、ニコラスは言葉を継いだ。

「私がヴェニスを発《た》ってから、二ヶ月後のことだったそうだ。私は墓の前で座り込んで、ただ泣くしかなかった。アンナリーザの父親は、何も言わなかった。どんな罵声を浴びせられても、仕方がなかったというのに。娘に結婚の秘跡を受けさせることもなく、孫を私生児にした男を、挙句の果てに、二人の死を看取《みと》ることもなかった男を、憎んでいないはずはなかったのに」

「ニコラス」

ジョンはそっと、ニコラスの背をさすった。

「あんたを憎み続けるのは、誰にとっても難しいよ。どんなに家族を愛していたか、彼女の父親も知っていたはずだ」

顔を上げて、ニコラスは口元を歪《ゆが》めた。

「私はそこから動けなかった。アンナリーザの父は、私を墓地に残して立ち去った。墓の前でどれだけの間呆然《ぼうぜん》と座っていたのか判らない。私は危うく、墓土を手で掘り始めるところだったんだ。墓を掘り起こして、本当に二人がそこにいるのか確かめたかった。何とか思い留まったがね」

「……」

「私には、二人の眠りを掻《か》き乱す勇気がなかったんだ。夜になるとアンナリーザの母親がやって来て、私を家に入れようとしたが、私は断った。そこから動くわけにはいかなかった。アンナリーザの家族に、あさましい姿を見られたくもなかった。そしていつの間にか、墓の前で眠っていた。アンナリーザとマルコの夢を見た。自分の泣き声で目を覚まして——もう耐えられないと思った。私を支えていた一本の糸が切れてしまったように」

「ああ」

「私は立ち上がった。剣を外して、二人の墓の前に埋めた。それは私が持っていた、唯一価値のあったものだ。それから墓地から出た。行く当てがあったわけじゃない。だがもう、ヴェニスにはいられない。騎士団にも戻りたくなかった。何もかも捨ててしまいたかったんだ」

「それで、生まれた国に戻ることにしたのか？」

ジョンの言葉に、ニコラスはしばらく考えを巡らせた。

「イングランドにも、もう家族はいない。生きている家族は伯父とその一家だけだが、彼らは大陸にいる。だが、両親はイングランドに埋葬されているし、生まれた国の土をもう一度踏んでみたかったのかもしれない。イングランドに戻る旅の途中で死ねればどんなに楽だろうと思っていたが——」

ニコラスは足元を見つめた。

「結局、死ななかった」

「神のご意思だ」

ジョンの単純明快な見解は、かえってニコラスの目を開かせたようだった。

「ああ」

両手を組み合わせ、ぎゅっと握り締める。再び視線を上げたとき、彼の顔には静かな笑みが戻っていた。

「そう……恐らくはそうなんだろう」

そして彼は、屋敷のほうを眺めた。

「私には、家族から逃げたトマスの気持ちも、息子を失ったサー・サイモンの気持ちも判る。娘と孫を失った、アンナリーザの父親の気持ちも、同じように判ると思う。アンナリーザとマルコは戻って来ない。だが、サー・サイモンとトマスには、まだ救いがある。それで私は、ここに来たんだ」

リトル・ジョンは倒木の上に座り直した。

彼もまた、家族のことを考えた。彼の父親は何年も前に死んだが、兄と母は、まだ故郷にいるはずだ。二人のことは、あまり心配したことがない。彼の兄は頼りになる男だ。身体が大きいばかりではなく、冷静沈着で分別がある。

だが彼らのほうは、ジョンを心配しているだろう。領主の息子を殺した末息子などとは、縁を切るべきだと知りつつ。

屋敷のほうから、人の声が近付いてきた。

「いい加減になさい、アレック」

女の声が呼んでいる。

「風邪を引いてしまいますよ。私が奥様に叱られてしまいます」

アレックと呼ばれたほうはしかし、女の言うことを聞かなかったらしい。

間もなくニコラスとジョンの視界にも、小さな少年の姿が見えた。トマスの説明によれば、彼の弟のアレックはまだ五歳だという。子供用の小さな弓を片手に、断固たる歩調で林のほうへ歩いてくる。

しかし子供は、二人の男が座っているのを見つけて立ち止った。後ろから追いついて来た女が、その肩を摑《つか》まえる。どうやらアレックの乳母らしい。さらに叱咤《しった》を口にしようとしたところで、彼女も見知らぬ男たちに気付いた。息を飲む。

「誰なの？」

甲高い声で彼女は叫んだ。

「そこで何をしてるの？」

思わず立ち上がりそうになったジョンを、ニコラスは片手で押えた。

「怪しい者ではありません」

穏やかに答える。聖堂騎士団員としての務めの中で、彼は数え切れないほどの巡礼と言葉を交わしてきた。どんな風に接すれば相手の猜疑心《さいぎしん》を刺激せずに済むのか、彼は知り尽くしている。

「我々は巡礼で、ヨークに行くところなのです。歩き疲れたので、ここで少し休ませていただきました。すぐに立ち去ります」

「そう……」

じろじろと二人の男たちを見たが、乳母はやや警戒を解いたようだった。

「ヨークに行くのなら、あっちの道に出ないと」

彼女は片手で、方角を示してくれさえした。彼女に肩を掴まれたまま、アレックは兄によく似た青い目で、見知らぬ男たちを見た。

「そっちの林の中から来たの？」

乳母のスカートに背中を押しつけながら、おずおずとそう尋ねる。真剣な顔つきだ。真実ではなかったが、ニコラスは少年の期待に応えるべくうなずいた。

「ああ、そうだよ」

「トマスを見た？　僕のお兄ちゃんなんだ。迷子になって、帰って来られなくなっちゃったんだよ」

アレックは真面目な口調で言った。恐らく大人たちから、そういう説明を受けたのだろう。

ジョンがごくりと唾を飲み込んだ。横目でちらりとニコラスを窺《うかが》う。ニコラスは少年に向かってかぶりを振った。

「いや……」

「まあ、その人たちは誰？」

明らかに不愉快そうな高い声が、ニコラスの返事を掻き消した。

「ヨークへの巡礼だそうです、奥様」

トマスの継母は金髪の、ほっそりとした美しい女だった。だが、彼女を形容するのに、優しげだという言葉はふさわしくない。彼女は二人の男を、息子を攫《さら》いに来た悪人か何かのような目つきで眺め、そしてふいと頭を逸らした。

「クリスマスまでにヨークへおいでになるのなら、急いだ方がよろしいわ」

アレックの手を取り、有無を言わさず屋敷のほうへと戻って行く。母親に引きずられながら、アレックはニコラスとジョンのほうを見つめていた。その目には、二人から兄のことについて聞けるのではないかという、純粋な期待が籠もっている。乳母がスカートをからげ、慌ててその後について行く。

「……少なくともあの子は、トマスの帰りを待ってるらしい」

そう言いながら、ジョンは立ち上がった。家の者に見つかった以上、いつまでもここに座ってはいられない。

ニコラスも立ち上がり、身体についた雪を払った。

「ああ、あの子はな。だが母親のほうはどうだろう」

「そして父親はどうだかな」

ジョンが肩をすくめる。父親に会わないことには、ここにやって来た目的を果たしたとは言えない。

彼らは屋敷を迂回《うかい》し、乳母が教えてくれた、東へ通じる道に出た。その道をしばらく進み、北へ折れると、ヨークへ向かう街道に出る。しかし彼らはヨークへは行かない。この屋敷に用があるのだ。

屋敷の前の雪は踏み固められており、屋敷には使用人や領民が出入りしていた。クリスマスのためと思しき食べ物や酒が運び込まれている。門から少し離れた場所には座るのに手頃な石材が放置されていたが、そこに座り込んでいると、否応《いやおう》なく人目を引いてしまう。

「俺が足を痛めたことにしよう」

リトル・ジョンがそう提案した。

「あんたが足を痛めたことにしてもいいが、そうすると、皆に言われちまうからな、そこのでっかい野郎におぶって行ってもらえばいいじゃないかって」

ニコラスは納得し、その案に乗った。実際、通りかかった男に何をしているのかと訊かれたが、リトル・ジョンの説明はすぐに受け入れられた。肩を貸せと言われるのを恐れたかのように、男はそそくさとその場から立ち去る。

夕方まで待つ必要はなかった。彼らがそこに腰を下ろしてしばらくすると、屋敷の門から、剣を佩《は》いた騎士が出てくるのが見えたのだ。

使用人たちとは明らかに違う立派な外套《がいとう》から、それが、この屋敷の主人であることが判った。

ニコラスとジョンはしばらくの間、老人にも見えるその男が、ゆっくりと道を歩き、足を止めてその先の景色に目を凝らす様子を見守った。

サー・サイモンは、二人が想像していたよりも、ずっと年老いて見えた。長男を失った心労が、彼を老けさせたのかもしれない。髪は半分白くなり、痩せた顔には深い皺《しわ》が刻まれている。誠実そうな青い瞳以外、トマスとはあまり似ていなかった。恐らくトマスは死んだ母親に似たのだろう。彼は背中で両手を組み、じっと立ち尽くしている。

ニコラスは立ち上がった。

「サー・サイモン」

後ろから静かに声を掛けると、サイモン・オブ・セルストンがその声に振り返った。

「あなたに神の御恵みがありますように」

ニコラスの言葉に、サイモンはうなずいた。その目に驚きの色はなかった。ただ二人の余所者《よそもの》の存在を受け入れ、じっと観察している。

「あんた方は私の知り合いかね？」

「いいえ。しかし我々は、あなたにお話があって参った者です。一夜の宿をお願いしたい。できれば、あまり人目につかない場所に」

ニコラスが話す後ろで、ジョンがゆっくりと身体を起こす。ジョンの巨体にサイモンは目を見張ったが、しかし恐れた素振りはなかった。

「ヨークに巡礼に行く二人連れが裏をうろついていたと聞いたが、あんた方かね？」

ニコラスは微笑した。

「そうです。事実と異なることを申し上げたことについてはお詫《わ》びします。我々はあなたにお目に掛かりに来たのです、サー・サイモン」

「……」

皺に囲まれたサイモンの目に、猜疑心が浮かぶ。無理もない。

「何が目的だ？」

声が低まる。

「物乞いや強盗ではなさそうだな？」

ニコラスは素早く周囲を見回した。この話は、奥方の耳には入れたくなかった。幸い声の届く範囲には誰もいない。

「トマスについてお話ししたいのです」

その途端、サイモン・オブ・セルストンは、見えない手に突き飛ばされたかのように後ろへよろめいた。

ジョンが慌てて両手を差し伸べ、その背中を支える。サイモンの身体の震えが、ジョンの手にはっきりと伝わってきた。

サイモンの目はしかし、ニコラスにじっと注がれたままだ。

「あの子は……死んだのか？」

縋るものを求めるかのように両手を差し伸べる。ニコラスはその手をしっかりと握り返した。

「いいえ、トマスは無事でいます」

サイモンの目を真っ直《ま す》ぐに見つめながら答える。サイモンの手は雪そのもののように冷たかったが、その指は恐ろしいほどの力でニコラスの手を締めつけていた。

「……では、何を」

身体ばかりではなく、声までも震わせて、サイモンは尋ねる。ニコラスは相手が呼吸を整えるまで数秒間待った。そして静かに告げる。

「あなたは絶対に、この話をお聞きになりたいはずです。ですが我々は、奥方様には聞かれないほうがいいのではないかと考えているのです。少なくとも、今のところは。ご理解いただけますか？」

サイモンの喉仏が上下に動く。

「ああ……ああ、判った」

「どこか、他人に聞かれず、ゆっくりと話のできる場所がありますか？」

僅かながら、サイモンは落ち着きを取り戻した。息を吐き出す。

「ああ……屋敷の地下に、薪《まき》を詰め込んでいる小さな部屋がある。あそこなら大丈夫だ。召使いが入るのは朝だけだし、寒さもしのげる」

リトル・ジョンの支えを気丈に断って、サイモンは歩き出した。

＊＊＊

雪の舞う野外で長時間過ごした後では、冷えきっているはずの地下室ですら暖かく感じられた。明かり取りの窓から、夕方の光が弱々しく内部を照らしている。じきに、蠟燭《ろうそく》に火を灯《とも》さなければならなくなるだろう。

薪の束の上に腰を下ろして、ニコラスは、何故トマスが家を出なければならなくなったのかを語った。

それは、リトル・ジョンにとっても初めて聞く話だったが、ニコラスは彼が耳を傾けるのを黙認した。トマスが継母にわだかまりを抱いていたこと、弟を可愛がりながらも、複雑な思いを抱かずにはいられなかったこと、そしてあの日、ウズラを仕留めようとしたトマスの矢が、飛び出してきたアレックを危うく傷つけるところだったことを、丁寧に説明する。

トマスが今も、それについて思い悩んでいることに、彼の父親は涙を流した。もちろん彼は、妻から別の説明を聞かされている。だが今までそれを、本心から信じたことはなかったのだ。ニコラスの話は、サイモンにとって大いなる救いだった。

だが、トマスが今どこにいるのかは、明かされなかった。

「トマスは家に戻る勇気を持てずにいるのです」

ニコラスの言葉に、サイモンはかぶりを振った。

「私は息子を信じる。あの子が弟を殺そうなどとするはずがない。妻が何と言おうと……」

「しかし奥方様は、ご自身の息子を守るために何でもするでしょう」

ニコラスは諭した。

「奥方様に悪意があるとは言いません。我が子を守りたい、ただそれだけです。それは母親として当然のことで、誰にも非難することはできません。そしてトマスがアレックを憎んでいると、奥方様がほんの僅かでも疑いを抱いている限り、この家は、トマスにとって安らげる場所ではないのです。あなたにとってはお辛いことでしょうが……」

「――妻は、もうトマスは死んだものと思ったほうがいいと言う」

すすり泣きの合間に、サイモンは告げた。

「だが、あの子は生きている。私はそう信じていた。そして今日、あなた方がそれを知らせてくれた。私はあの子に会いたい。会って、話さなければ――」

「サー・サイモン」

ニコラスは相手の手を取り、静かに呼び掛けた。

「トマスもあなたに会いたがっています。ですがトマスは恐れているのです——自分の心を。あの子には時間が必要です。いずれあなたに向かい合い、突然飛び出したことを謝罪したいと思っているでしょう。今彼は、その勇気をお与えくださるようにと、神に祈っているのです」

司祭のような穏やかな言葉に、サイモンは大きく息をついた。涙に濡《ぬ》れた目をニコラスの茶色い瞳へ向ける。

「あの子は——どこかの修道院にいるのか？」

「ある意味では」

ニコラスは否定しなかった。

「そうとも言えるでしょう。世間から隔絶され、人を助け、そして祈る日々を送っています」

「彼が元気で、風邪ひとつ引いていないということは、この俺が保証しますよ」

リトル・ジョンが口を挟んだ。

「トマスは仲間に好かれてます。仲のいい友達もできた。食べ物にも寝床にも不自由していません」

初めて、サイモンの口元が綻んだ。ジョンの正直であけっぴろげな態度が、彼の心に安らぎを与えたのだ。

「トマスに時間を与えてください」

ニコラスは父親の手を取ったまま頼んだ。

「遠からず、トマスはあなたに会いにくるでしょう。あなたが戻って欲しがっていることは伝えます――」

そのとき外で騒ぎが起こり、ニコラスは口を噤《つぐ》んだ。女たちが金切り声を上げ、男たちが喚《わめ》いている。

「アレックが……」

「旦那様は⁉」

断片的に聞こえた言葉に、三人は同時に立ち上がった。サイモンが急ぎ足に地下から地上へ通じる階段を上がり、ニコラスとジョンもそれに続く。

最初に主人を見つけたのは、アレックの乳母だった。サイモンが二人の巡礼を従えていることにすら気付かぬ様子で、主人の袖を摑む。

「アレックが……いなくなってしまったんです。どこにもいません。屋敷中捜したのに、どこにも……」

半狂乱で叫んでいる。ジョンは再び、サイモンを後ろから支えるべく身構えたが、サイモンはしっかりと足を踏ん張っていた。

「どうしましょう、どうすれば……ちょっと目を離しただけなのに……！」

サイモンは乳母を腕に縋りつかせたまま歩き出した。屋敷の中は、アレックを呼ぶ声と、箱や戸棚を開け閉めする音で大騒ぎだ。ニコラスとジョンの姿が目に入ったとしても、誰もそれを咎《とが》めない。

ニコラスは素早く頭を巡らせた。家族や使用人が総出で捜しているのならば、屋敷の中にあの子供はいないだろう。そしてニコラスたちと会ったとき、アレックは手に弓を持ち、林を目指していた。

「サー・サイモン」

ニコラスはサイモンの肩を叩《たた》いて注意を引いた。

「御子息は林に行ったのではないでしょうか。トマスがそこで迷子になっていると信じているようでした」

「林？」

サイモンの眉が吊り上がる。

「こんな時間に一人で林に行くのは禁じている」

ジョンが不謹慎にもにやりと笑った。

「だからこそ、こっそり行ったわけですな」

乳母が絶望的な悲鳴を上げ、それから両手で自らの口を塞いだ。サイモンは彼女を振り払った。屋敷の中を大股に通り抜け、裏へと回る。林が広がっている方向だ。

太陽が傾き、辺りは薄暗くなりかけていた。林は闇に包まれようとしている。

「松明《たいまつ》を持って来い！」

サイモンは叫んだが、ニコラスはそのときすでに、林の中へと続いて行く小さな足跡を見つけていた。日頃、深い森の中で鹿や兎《うさぎ》の足跡を追い続けてきた彼にとっては造作もないことだ。

松明を待たずにその足跡を追い始める。やがて松明を受け取ったリトル・ジョンが、彼の背中に追いついた。その後方から、松明を掲げた召使いたちを連れて、サイモンが林の中へ踏み込んでくる。

足跡は奥へ奥へと続いていた。五歳の子供とは思えぬ躊躇《ためら》いのなさだ。アレックにとっても、馴染《なじ》みのある場所だからだろう。

だが少年は、降り積もった雪については考えていなかったらしい。

ニコラスは斜面に、足を滑らせたと思しき跡を見つけた。ジョンに手振りで松明を要求し、雪面を照らしてみる。薄闇の中ではよく見えなかった急な下り斜面があり、尻で滑った跡が下へと続いていた。底のほうは、しかし木々に隠れて全く見えない。

「アレック！」

ニコラスは子供の名を呼んだ。耳を澄ます。小さな応答があったような気がした。

「聞こえたか？」

肩越しにジョンを振り返る。ジョンは首を傾け、一心に集中していた。

「もう一度呼んでみてくれ」

ニコラスは息を吸い込み、斜面の下へと身を屈《かが》めた。

「アレック、そこにいるのか⁉」

「痛いよ……」

小さな泣き声が微かに聞こえ、ニコラスとジョンは顔を見合わせた。

「私が下に降りる」

瞬時に、ニコラスは決断を下した。

「どれくらい下に行くのか判らないが、アレックを一人で放っておくわけにはいかない。ジョン、後から来る連中に、ロープを用意させてくれ」

「俺が降りる。俺のほうが頑丈だからな」

ジョンは主張したが、ニコラスはそれを片手で退けた。

「君をロープで引き上げるのは御免だ。だが私とアレックを引き上げるとき、君がここにいてくれれば何よりも心強い」

その論理に、ジョンはうなずいた。ニコラスは松明の灯りで、子供が滑り落ちた経路を確かめた。太陽の光は地平線の向こうへ落ちて行き、その跡も辛うじて見えているにすぎない。彼は片手に松明を持ち、もう片方の手で立木の枝に摑まって、一歩を踏み出した。

「気を付けろよ」

「ああ」

ジョンの気遣いにうなずき、ニコラスは身を低くして雪の斜面を降り始めた。

「ロープを持ってきてくれ！」

ジョンが喚いた。

「子供が下に落ちてる！」

それを聞きながら、ニコラスは滑りやすい斜面をそろそろと下った。幸い、大地の窪《くぼ》みはそれほど深くもなく、ニコラスは灯りを頼りに転ぶことなく下へ辿り着いた。

アレックが身体を丸めて横たわり、啜《すす》り泣いていた。

子供の泣き声は、ニコラスの胸を突き刺した。小さなマルコが転んで膝を擦りむき、大声で泣いたときのことを思い出す。彼は息子を抱き上げて慰めてやったものだ。丸く柔らかい身体、首にしがみつく小さな手の、温かな感触が甦《よみがえ》る。

ニコラスはアレックの傍らに膝を落とし、松明を雪の上に突き立てた。

「アレック」

呼び掛けると、涙に濡れた目がニコラスを見上げる。ニコラスはそっと、子供の身体を抱き起こした。アレックはべそをかいている。

「すぐに引き上げてもらえるからな」

子供の髪についた雪を、彼は片手で払った。

「どこが痛い？」

アレックは左手を差し出した。手の甲を擦り剝《む》いている。血が滲《にじ》んでいるが、大したことはなさそうだ。

「他には？」

小さな右手が、雪の上に投げ出された右足を指す。ニコラスが触れようとすると、アレックの身体は反射的に縮こまった。

「足を捻《ひね》ったのか？」

「判んない」

「触ってもいいか？」

「……痛い？」

用心深い口調で、アレックは尋ねる。しかしありがたいことに、アレックは乳母よりもはるかに落ち着いているようだった。

「ああ、痛いかもしれない。だが今私が、君の足がどうなっているのか調べておけば、後で手当てが楽になる。君のところの医者は、私よりも乱暴かもしれないからね」

アレックの青い目が、ニコラスをじっと見つめた。そしてうなずく。

「触ってもいいよ」

許可を得て、ニコラスは少年の右足に触れた。

太腿《ふともも》に異常はない。膝も捻れてはおらず、脛《すね》の骨折もなかった。だが足首に触れると、アレックは顔をしかめた。

「そこが痛い」

「判った」

松明の炎の中で、ニコラスは子供と間近に目を合わせた。

「君の靴を脱がせて、もう少し調べたい」

「……うん」

子供は雄々しくうなずいた。

頭上では、人々の声が聞こえている。手頃なロープを探すのに手間取っているらしい。ニコラスは子供の靴をそっと脱がせ、足がおかしな方向へ曲がっていないことを確かめた。だが松明の光の下で、足首が腫れているのが見て取れる。

「いいかい、アレック、君は足首を捻挫《ねんざ》している」

ニコラスは重々しく診断を下した。アレックは神妙に耳を傾けている。

「上にいる人たちが、じきにロープを投げてくれる。それまで、君の足を冷やしておくことにしよう。いいね？」

「うん」

子供はうなずいた。

「僕、前にも捻挫したことがあるよ。トマスと走ってて、転んだとき」

足元の雪をすくい上げて、ニコラスは少年の患部に雪玉を押し付けた。アレックは息を呑んだが、泣き出しはしなかった。自分の小さな手で、さらに雪を集め始める。

「トマスはそのときどうした？」

ニコラスの問いに、アレックが顔を上げる。

「僕をおんぶして、家に連れて帰った。そのときは雪がなかったから、水で冷やしたんだ」

「トマスは君と仲良しだったんだな」

足首に当てた雪のせいでアレックの身体が震え出した。小さな少年を、ニコラスは自分の外套の中に包み込んだ。アレックがニコラスの胸に身体をぴったりと寄せてくる。

「トマスがいなくなったのは、僕のせいなんだ」

ニコラスの胸に頬を押しつけて、アレックはそっと告白した。今まで誰にも打ち明けられなかった秘密を、彼は見も知らぬ男に話しているのだ。

「僕がウズラを逃がしちゃったから、トマスは怒ったんだ」

それが、兄が突然いなくなった理由について、アレックが彼なりに導き出した結論らしい。ニコラスは子供の髪を撫《な》でた。

「アレック、トマスはそんなことで怒ったりはしないよ」

「でも、トマスは帰って来なくなっちゃった。この林のどこかに隠れてるんだ」

アレックにとっては、自分の生まれ育った屋敷とこの林とが、世界のすべてなのかもしれない。だから彼は、トマスが林にいると思っているのだ。もちろん、誰かに教えられたことはあるかもしれないが、彼の立つ地面が、気も遠くなるほど延々と広がっているのだと実際に理解するには、アレックはまだ幼すぎる。

「トマスが好きなんだな」

新しい雪を足首に当ててやりながら、ニコラスは尋ねた。アレックがうなずく。

「うん、トマスはかっこいいんだ。僕に弓を教えてくれた」

そして、小さな声で付け加える。

「母上は、トマスは死んだかもしれないって」

それは真実ではないと、ニコラスはこの子供に言ってやりたかった。

知らせてやれば、アレックはどんなに喜ぶだろう。だがアレックに打ち明ければ、それはそのまま彼の母親にも伝わるに違いない。そうなれば、話はこじれるばかりだ。

そのとき頭上から、リトル・ジョンの大声が降ってきた。

「おい！　大丈夫なんだろうな⁉」

ニコラスとアレックは声のした方を見上げた。幾つかの松明が光を放っているのが見える。

「大丈夫だ」

ニコラスは喚き返した。

「アレックは足を捻挫しているが、大したことはない！」

「ああ、神様！」

喘《あえ》ぐようなその声には聞き覚えがあった。アレックの母親だ。

「アレック、母上に大丈夫だと言ってやれ」

ニコラスの忠告に、アレックは素直に従った。大きく息を吸い込む。

「僕は大丈夫だよ！」

「ようし、今からロープを投げる」

ジョンが宣言した。

「頭に食らわないように気を付けろ！」

ニコラスはアレックを抱き上げ、数歩移動した。松明の辺りを狙ったらしいジョンの腕は確かだった。ロープの束が、彼らの側に落ちる。

「受け取った。ちょっと待っててくれ！　子供を結びつける」

上にそう伝え、ニコラスは子供を片足で立たせた。跪《ひざまず》いた自分の肩に摑まらせ、ロープが外れぬようにその身体に巻きつけてやる。

「アレック」

子供の脇の下に結び目を作りながら、ニコラスは言い聞かせた。

「君が本気で神様に祈れば、神様はきっと、君の祈りを聞き届けてくださる。トマスは帰って来る。毎晩ベッドの中で、神様にお祈りするんだ。いいね？」

「うん」

「よし、ここをしっかりと握って」

摑むべき場所を教えてやり、ニコラスは子供の背中を叩いた。

「さあ、行くぞ。ジョン！　引き上げてくれ！」

子供の姿は、あっと言う間に闇の中へと持ち上げられた。

ジョンをはじめ、屋敷の使用人たちも大勢駆り出されているのだろう。待つまでもなく、頭上から歓声が聞こえた。子供が無事に救出されたのだ。

ニコラスは、子供の足から脱がせた靴を拾い上げた。そして、何か別のものが雪面から突き出しているのを見つける。最初は、ただの枯れ枝かと思った。だが引き出してみると、それはアレックの小さな弓だった。

ニコラスは二つの品物をベルトに挟んだ、待つまでもなく、上からもう一度、ロープが投げ落とされる。ニコラスは手際良くロープを自分の身体に結んだ。

「そこにいるんだろうな、ジョン⁉」

もちろんそれは冗談だったが、たとえ屋敷の者たち全員が、アレックの帰還を喜ぶあまり下にいるもう一人を忘れて帰ってしまったとしても、ジョンさえいれば、自分を引き上げてもらうには十分だ。

上からは聞き慣れた笑い声が降ってきた。

「そろそろあったかい場所に戻ろうかと思ってたが、見捨てて帰るのも気が咎めるよな。しょうがない、上がってこいよ」

上にいるのがジョン一人でないことは、ロープを引く力で明らかだった。もちろんジョンの怪力は承知しているが、その余りの速さに、ニコラスは危うく枝に頭をぶつけそうになったほどだ。

急斜面の上に這《は》い登ると、リトル・ジョンの乱暴な抱擁が、ニコラスを迎えた。アレックとその両親もいる。男の使用人が五人ばかり、互いの健闘を称《たた》えて肩を叩き合っていた。

自分の身体からロープを外しながら、ニコラスはアレックの両親から熱烈な感謝の言葉を浴びせられた。

「是非うちにお泊りになって」

トマスの義母が懇願する。つい先刻、さっさと出て行けと言った同じ女の口から出たとは思えぬ言葉だ。彼女は息子の命を救った恩人に対し、精一杯尽くそうとしている。それは息子を愛している証拠だ。

ニコラスは小さな靴と弓を、アレックの手に渡した。弓を握り締めて、アレックが顔を輝かせる。

サイモンは親しい友人のように、ニコラスとジョンの背に手を当てて、他の者たちの輪から連れ出した。

「あなた方は、私の息子を二人までも救ってくれた」

彼は囁《ささや》いた。

「私にはもう、何を差し出せばこの恩に報いることができるのか見当もつかない」

「とりあえず、今夜の食事と、眠る場所が欲しいですな」

リトル・ジョンが気楽な口調で言う。

「何、夕食は台所の余りもので結構です。量さえたっぷりあればね」

「余りものなどと……」

慌てて言いかけたサイモンを、ジョンは片手で遮った。

「我々はヨークへ巡礼の旅に出てきたことになっているんです、サー・サイモン。分不相応な食事や寝床を与えられては、家の方々に不審に思われますし、こっちもぼろを出しかねない」

「特に、ワインが入ると危ない」

ニコラスも仲間を見上げて笑った。

「サー・サイモン。トマスとアレックを助けられたことは、我々にとっても幸いでした。あなたには、我々に借りがあるなどと考えていただきたくはないのです。もし借りがあるとすれば、我々はそれを、神の御手によって返してもらえることでしょう。我々は、成り行きでお世話になる巡礼として扱っていただければ、それで十分なのです」

サイモンは渋ったが、ニコラスとジョンは望みのものを手に入れた。使用人たちと台所で食事し、界隈《かいわい》の噂《うわさ》話を聞き、そして温かな竈《かまど》の側で眠った。

トマスには帰る場所があるのだと知った今、ニコラスの眠りは安らかだった。

＊＊＊

翌朝早く、ニコラスとジョンはサイモン・オブ・セルストンの屋敷を出発した。

早朝を選んだのは、ヨークへ向かう道ではなく、シャーウッドに帰る道に向かうのを、家の者に見られないようにするためだった。竈の側では数人の使用人たちが一緒に眠ったが、彼らがまだ寝ぼけ眼でいるうちに、二人は荷物をまとめて屋敷の外へ出た。

トマスの父親が、門の前に立っていた。

二人はぎょっとして足を止めた。だが、サイモンは二人の姿を見つけてしまっていた。少なくともこれまでのように、トマスの帰りを待っていたわけではないはずだ。

サイモンは、こっそり出て行こうとしている二人に笑みを向けた。

「昨夜は久し振りに熟睡した」

彼は、白い息を吐きながら言った。

「あなた方のお陰だ」

「それは何よりです」

用心深く、ニコラスは答えた。

「我々が戻って、あなた方のことを伝えれば、トマスもよく眠れるようになるでしょう」

「あの子に伝えてください――家はここにあるのだと」

「必ず伝えます」

ニコラスがうなずくと、サイモンはその手を取った。懐から取り出した小さな巾着袋を掌《てのひら》に載せる。金属が触れ合う微かな音とその重みで、中身が知れた。

「サー・サイモン」

ニコラスはそれを押し返そうとした。

「我々は、金のために来たのではないのです」

「これは、巡礼者への寄付です」

巾着袋をしっかりとニコラスの手に押し付けながら、サイモンは言った。

「あなた方に、良いクリスマスが訪れますように。そして、我々家族にも、良いクリスマスが訪れるよう、祈っていただけますように」

サイモンの両手にしっかりと包まれた自分の手をニコラスは見下ろした。

「——全能の主よ」

彼は呟《つぶや》いた。

「願わくは主の御独り子をふさわしく迎え奉らんがために、我らに熱心なる祈りの精神と痛悔の念とを与えたまえ。我ら救い主のご来臨によりて清められたる心をもって主に仕え、御心に従いてこの世を送らんことを、我らの主キリストによりて切に願い奉る。アーメン」

「アーメン」

サイモンとジョンは唱和した。祈りはラテン語で唱えられたが、サイモンは内容を理解していたようだった。

ニコラスはもう、金を押し返しはしなかった。

「トマスが帰ったら、それが、神と我々の望んだことだと奥方様に伝えてください」

サイモンはうなずいた。瞬《まばた》きをして涙を振り払い、彼は二人の無法者に背を向けた。彼らの行く先を、穿鑿《せんさく》するつもりはないのだ。

ゆっくりと屋敷の中へ戻って行くその後ろ姿には、初めて彼に会ったときには無かった力強さがあった。

❇❇❇

朝の光が雪に覆われた畑を白く照らし出していた。

ニコラスとジョンは、その中を通るぬかるんだ道を歩いた。急いだところで、日が暮れるまでにシャーウッドへは戻れない。彼らは束の間、森の外の景色を楽しんだ。遮るもののない明るい陽光も、なだらかな雪景色も、森の中では見られないものだ。

だが楽しかったのは、畑の隅に、小さな影を三つ見つけるまでのことだった。

母親が、十かそこらの二人の子供と共に、雪を掘り返している。彼らが何をしているのか、ニコラスには判らなかった。教えたのはリトル・ジョンである。

「植物の根を掘ってるんだ」

苦々しげに彼は言う。

「食べるものが尽きたんだ。可哀想に、収穫され損ねて腐った蕪《かぶ》や何かを探してるんだよ」

ニコラスは友人を見上げた。巨漢の優しい目には深い痛みが浮かんでいる。農夫だったジョンには、そうやって飢えをしのいだ経験があるのだ。

サイモンが渡してくれた巾着袋を、ニコラスはそのまま友人の手に渡した。

ジョンは躊躇わなかった。金を受け取ると真っ直ぐに母子の元へ近付き、話しかける。その間、ニコラスは街道で待っていた。ジョンは母親に巾着袋を渡し、二人の子供の頭を撫でると、ニコラスの元へ戻ってきた。

「受け取ったか?」

ニコラスの問いに、リトル・ジョンはうなずいた。

「当たり前だ。子供が飢えているときに、金を拒む親はいない」

そして、にやりと笑って付け加える。

「ロビン・フッドから預かってきた金だと言った。子供たちは喜んだよ」

ニコラスは思わず苦笑した。

＊＊＊

翌日、彼らはシャーウッドの森に帰った。

彼らを待っていたのは、トマスだけではなかった。二人の留守中に、アランが遂《つい》に、素晴らしいワインを五樽《たる》仕入れてきたのだ。

「極上品だ」

満足げに、フランスの血を引く若者は保証した。

「フランスからの船荷を、ちょうど捕まえられたんだ。もう少し遅かったら、どこぞの修道院に全部買われちまうところだった。危ないところだったよ」

「味見してみなよ」

レイフがにやにやしながらニコラスとジョンに勧める。

「まだ味見してないのはあんたたちだけだ。今の内に飲んでおかないと、クリスマス前になくなっちまう」

同じにやにや笑いを浮かべながら、ウィルが金髪の従兄弟《いとこ》を肘で小突く。

「クリスマスのためのワインだってのに、おまえが樽半分も飲んじまうからだろ」

「俺が？　馬鹿言うな。おまえこそワインが来てから一度も素面《しらふ》になってないだろ？」

従兄弟同士の小競り合いを、周囲の者は半分諦め顔で眺めている。要するにこの二人が、機を捉えては味見と称してワインをくすねているのだろう。

「ウィルとレイフは、クリスマスまでふんじばっておいたほうがいいと、僕は思うね。でないとこいつらに全部飲まれちまう」

アランの言葉も、あながち冗談ではないらしい。レイフとウィルは二人とも、間違いなく酔っ払っている。

トマスがおずおずと自分を窺《うかが》っているのに目を止めて、ニコラスはうなずいた。しかし彼はまず、アランへと向き直った。

「それじゃあ、極上品とやらを味見させてもらおうか」

「なみなみと注《つ》げ、なみなみと」

リトル・ジョンの要求がすんなり通ったのは、彼の身体の大きさが考慮されたためではなく、ニコラスと彼の旅の目的を、アランが承知していたからだろう。言われたとおり、アランは二つのカップに、溢れんばかりにワインを注いだ。帰って来たばかりの二人に渡す。

ニコラスは今にも縁から零《こぼ》れそうな赤い液体をそっと啜った。アランが主張する通り、それはすこぶるつきの美味だった。紛れもなく、大陸で丹念に培われた味だ。

昔、ヴェニスでも口にしたことのある風味が、そこにはあった。

トマスがじりじりと彼に近付いてくる。

「これを飲み終わったらな、トマス」

ニコラスは少年へ酒盃《しゅはい》を掲げてみせた。

「おまえにいい話をしてやれる。だがまず、このワインを堪能したい。いいな？」

ジョンはほとんど二口でワインを飲み干してしまったが、ニコラスは時間を掛けた。

ワインからは、ヴェニスの匂いが微かに嗅ぎ取れた。目を閉じると、アンナリーザとマルコが、すぐ側にいるような気がした。

放蕩息子の出奔

秋の夕暮れ時は身震いするほど寒かったが、レイフの腹の中は怒りに燃え上がっていた。丸々と太った牡鹿《おじか》を、みすみす逃したのだ。的を外したのではない。彼の矢は牡鹿の心臓を射抜き、牡鹿は数歩歩いてどさりと倒れた。だがそれを解体しようとしたところで、よりにもよって森番に発見されてしまったのである。

レイフは獲物を置いたまま逃げるしかなかった。森番はレイフの顔を知っている。もし捕まれば、問答無用で縛り首だ。家に戻ることなど論外で、彼はひたすら森番の手の届かぬ場所へと進み続けた。大股に歩を進めながら、彼は歯噛《はが》みした。父がいなくなってから、全てが悪い方へと転がっていったように思える。作物の出来は年々悪くなり、家はどんどん貧しくなった。家族がどれほど懸命に働いても、暮らしは楽になるどころか、飢えに苦しむようになったのだ。

密猟は、必要に駆られてのことだ。

一緒に暮らす祖母も、すぐ近くに住む親戚たちも、レイフが持ってくる兎《うさぎ》や鹿の肉の出所を敢《あ》えて訊《き》こうとはしない。彼らはレイフに感謝して肉を受け取り、それで腹を満たしたのだ。

森番や役人が乗り込んで行ったところで、親戚たちはレイフを売り渡しはしないだろう。レイフの罪を認めれば、自分たちがその共犯であることも白状しなければならない。ともかくレイフがそこにいなければ、役人たちも、家族に罪をなすりつけることはできない。

祖母を置き去りにしてきたことは心残りだったが、レイフが密猟を働いていたことを黙認してきた以上、祖母も、彼が突然姿を消した理由を察するはずだ。親戚たちが、彼女の面倒を見てくれるだろう。彼らにはレイフに、それだけの借りがある。

レイフは、シャーウッドの森に向かっていた。

森は国王のものだが、あまりにも広大であるがゆえに役人の目が行き届かず、無法者どもの住処《すみか》として名高い。密猟で追われる身になった今、レイフは、自分が落ち着ける場所はそこしかないと思い定めていた。聞いた話が本当ならば、そこに、頼れる男が住んでいるはずだ。

着の身着のまま飛び出さざるを得なかったが、背中には矢筒があり、右手には愛用の弓を握っている。それだけが救いだった。弓矢が無ければ、丸裸も同然の気持ちになっていただろう。それは彼の最も得意とする武器であり、心の拠《よ》り所だ。

もちろん、弓矢が通用しない欲求が生じることもある。

半《なか》ば走り、半ば大股に歩いて移動してきたレイフの喉は、からからに乾いていた。道端には畑が広がり、農夫たちが麦の取り入れに励んでいる。レイフが近寄っていくと、中年の小柄な農夫が顔を上げた。

「何だね？」

弓矢だけを持った若者に不審そうな目を向ける。無理もない。レイフはいかにも無害そうな笑みを作って農夫へと向けた。

「邪魔して悪いんだが、水を一杯飲ませてもらえないかと思ってね」

無邪気で開けっ広げな彼の笑顔は、相手の警戒心を解くのに有効だ。ましてや、望みが水だけとなれば、大抵の者は快く頼みを聞いてくれる。

農夫は額の汗を拭い、屈めていた腰を伸ばした。

「あっちに井戸がある。連れてってやるよ。俺も喉が渇いた」

レイフは彼について、刈り取りの終わった畑を横切った。聞けばここは農夫の畑ではなく、荘園領主のものなのだという。小作人の義務として、領主の畑で働いているのだ。

井戸は、領主の屋敷の側にあった。やはり農作業に従事しているらしい数人が、そこで水を飲んでは、また仕事に戻っていく。

農夫は井戸から水を汲《く》み、まず自分の喉を潤した。だが水桶をレイフに渡したそのとき、女の金切り声が彼らの耳を襲った。

「誰なの、それは⁉」

野暮ったい、しかし高価そうな外套《がいとう》を羽織った女が、レイフを真《ま》っ直《す》ぐに指差している。夫と思しき男の腕に捕まっているが、髭《ひげ》を生《は》やした夫のほうも、太い眉をひそめている。

農夫は腰を屈めた。

「へえ奥様、旅の者が、水が一杯欲しいというので……」

「そんなどこの誰とも判らん輩《やから》に、うちの水を飲ませるな！」

髭の男が居丈高に怒鳴る。

「どんな病気を移されるか判ったもんじゃない」

そう吐き捨てる。レイフは渋々、水桶を置いた。腹は立ったが、ここでことを荒立てるのはまずい。何しろ彼は追われている身で、目立つわけにはいかないのだ。

何より、彼を連れて来てくれた農夫の、申し訳なさそうな表情が、レイフを押し留めた。夫婦の鋭い視線が背中に刺さるのを意識しながら、レイフと農夫は、元来た道を戻った。

「……すまんな」

農夫が小声で言う。

「あいつら、とにかくけちでね。見つかっちまうとは、運が悪かった。それにしたって、たかが水の一杯や二杯でぎゃぎゃあ言うこともなかろうに……」

レイフは農夫の肩を叩《たた》いた。

「いや、あんたが謝ることは一つもないよ。せっかく親切にしてくれたのに、あんたに余計な迷惑が掛からなきゃいいんだが」

「何、あの夫婦がぎすぎすしてるのはいつものことさ、明日にはまた別のことで怒り始めて、俺やあんたのことなんか忘れてるよ」

農夫は作業の場に戻りながら、水が飲める近くの川の場所を教えてくれた。レイフは川の水で喉の渇きと空腹を宥め、先へ進んだ。

夕方には草むらの中で、首尾よく兎を捕まえることができた。

一羽の兎はレイフの夕食と朝食になり、日が高くなる頃、レイフはシャーウッドの森に辿《たど》り着いた。

中に一歩足踏み入れれば、そこは無法者たちの巣窟《そうくつ》だ。問答無用で殺されるという噂《うわさ》も聞かないではなかったが、その点に関しては、レイフはあまり心配していない。狙われるのは金持ちであり、自分はどう贔屓目《ひいきめ》に見ても、そうした類《たぐい》の人間ではない。

それでも、注意は怠《おこた》らなかった。森の中を歩くのには慣れている。畑で働いていないときには、森で狩りの獲物を探していたのだ。視覚よりも聴覚を研《と》ぎ澄まし、周囲の物音に集中する。

風が枝を擦り合わせる音、川のうねり、鳥の鳴き声、小動物の足音——そして、微《かす》かな人声。

「——でもよお……」

それほど離れてはいない場所で、何者かが囁《ささや》き声で会話している。レイフは立ち止らず、知らぬ顔でゆっくりと歩き続けた。

「わざわざ捕まえる価値があるか？　金がありそうには見えないぜ」

「だが、いい弓を持ってる」

レイフは微かに口元を上げた。姿の見えぬ男たちの話題は、もちろん自分のことだ。自分を襲って幾許《いくばく》かの金品が取れるか否《いな》か、品定めしている。会話の成り行きに耳を澄ませていると、どうやら自分は、襲うに値しない相手だという結論付けられたらしい。

声の聞こえてくる方向から、レイフはおよその位置の見当を付けた。さっと身を翻《ひるがえ》し、大木の陰に隠れる。

「……あれ？　どこ行った？」

困惑した呟《つぶや》きが聞こえる。彼らの視界からうまく消えることができたと、レイフは確信した。身を低くして茂みに隠れ、声のするほうへと忍び寄る。

案の定、別の木の陰に、汚いなりの二人の男が潜んでいた。先刻までレイフがいた辺りへ目を凝《こ》らし、背後にはまるで気を配っていない。

矢筒からそっと矢を引き抜き、レイフはそれを弓につがえた。弦を引き絞りながら立ち上がる。

その音に、二人の無法者はぎょっとして振り返った。自分たちを狙う矢尻に釘づけになる。

「仰《おっしゃ》る通り、俺は素寒貧《すかんぴん》だよ」

レイフはにっこり笑って言ってやった。

「それで、おまえらのほうはどうなんだ？　俺より持っていそうじゃないか」

地面に座り込んだまま、二人の無法者たちはあんぐりと口を開けた。

「おいおい、俺たちから強盗しようってのか？」

一人がまるで嘆《なげ》いているかのような口調で問う。もう一人は驚き冷めやらぬ顔のままだ。

「ちょっと待てよ、本気か？　俺たちを誰だと……」

「おまえたちは、俺に有り金全部渡すことになってる奴らだ」

二人に矢尻を向けたまま、レイフはそう教えてやった。

「でなければ、この矢で射殺される奴らだな。賭けてもいいが、俺はこの一本で、おまえらを二人まとめて串刺しにできるぜ。こんなに近いんだから、外そうったって外しようがない」

もし二人の怯えた男たちが、少しでも視線を外していれば、そしてもし、レイフ自身がべらべらと喋っていなかったら、彼もきっと、後ろから忍び寄っていた集団に気付いていただろう。

だがレイフは、周囲への注意を怠っていた。

「そこの二人は串刺しにするとして」

太い声が掛けられた瞬間、レイフはがっちりと襟首を摑《つか》まれた。

「俺たちのほうはどうするつもりだ？」

凄まじい怪力に、足が地面から浮き上がる。首が締まって息ができなくなった次の瞬間には、レイフの身体は宙を舞っていた。

何が起こったのか判らなかった。背中に衝撃が走り、口にも鼻にも冷たいものが流れ込む。沈み込み、流される感覚に、レイフはようやく、自分がごみのように川へ投げ入れられたのを悟った。慌てて水面を目指し、水を掻《か》く。

真っ先に目に入ったのは、雲つくような巨漢の姿だった。太い腕を胸の前で組み、にやにやと笑いながら、自分が川へ投げ込んだ男を見ている。

その周囲には、五人ばかりの男たちがいた。その巨漢に比べると、全員が小柄に見える。

しかし、巨漢のすぐ隣にいた男の顔を、レイフの目ははっきりと見分けた。

「ウィル！」

叫んだ瞬間、何かが足に絡まって、レイフは川底に引きずり込まれた。だが声は聞こえたらしい。

次に水面に顔を出したときには、ウィルが――彼の従兄弟《いとこ》が、流されるレイフを追って走り始めていた。

「――え？　待てよ、おまえ……レイフなのか⁉」

しかし、待つのはもちろん、返事をすることもできなかった。喉の奥に流れ込んだ水が、彼の声を封じてしまっている。辛《かろ》うじて喘《あえ》ごうとしたその隙にも、川の水は容赦なく、レイフの身体を押し流す。冷たい水が、彼の身体の感覚を麻痺《まひ》させていく。

かすむ視界の中に、ウィルが走りながら外套をむしり取るのが見えた。大きな水音と共に身体がぐるりと回転し、またしても水を飲む。しかし熱いほどに感じられる腕が彼の首にしっかりと巻き付き、頭を水の上へと引き上げてくれた。意識の薄れかけたレイフを、ウィルが河岸へと押し戻す。何本もの腕が川岸から伸ばされ、レイフとウィルの腕や服、さらには髪まで掴んで川縁《かわべり》へと引き上げてくれた。

レイフは地面に横たわったまま身体を丸め、吐けるだけの水を吐き出した。その隣では、ウィルが四つん這いで咳き込んでいる。二人ともずぶ濡れでがたがた震えており、仲間たちが何枚もの外套で彼らの身体を包んだ。

そこからどうやって移動したのか、レイフの記憶は失われている。

意識を取り戻したとき、辺りはもう暗くなっていた。だが、日が暮れたためなのか、それともあまりにも深い森の奥で日が差さぬだけなのか、レイフには判らなかった。森の空き地では炎が盛大に燃え盛り、彼はその側に、横向きに寝かされていた。頭の下には毛布まで押し込まれている。

髪はまだ湿っていたが、身体は乾いた服を着せられ、温かかった。寝返りを打つと、何か固いものが背中に当たる。片手で探り、レイフはそれが自分の弓矢であることを知った。誰かが一緒に運んで来てくれたのだ。

焚火《たきび》の周りを、男たちが取り巻いている。まだはっきりしないレイフの目には、十数人いるように見えた。川に投げ込まれたときには命の危機を覚えたが、わざわざ自分を介抱してくれたところから察するに、無法者たちは、血も涙もない人間揃いというわけでもなさそうだ。

「よう、目が覚めたな」

頭上から声が降ってくる。先刻はゆっくり噛み締める暇もなかった、懐かしい声だ。

「——ウィル」

炎の投げ掛ける光の中で、幅広の口元が笑った。森の中で何年暮らしても、ウィルのその笑みは変わらなかったようだ。レイフが身体を起こすと、革袋に入ったワインが手渡された。

「全く、あんなところで何やってたんだ」

レイフはワインを飲み下した。お世辞にも出来がいいとは言えぬ、酸っぱい代物だったが、少しは腹の中が温まる。それが胃の中に落ち着くのを待ち、さらに喉を鳴らして、息が続くまで飲んだ。

横から伸ばされた手が、レイフの手から革袋をひったくる。

「ウィルの身内かよ」

白い無精髭《ぶしょう》の日に焼けた男は、残り少なくなったワインを呷《あお》った。

「どうりでふてぶてしい野郎だぜ」

周囲にいた者たちが声を上げて笑った。中には、レイフが串刺しにすると言って脅した者も、そしてそのレイフを川へ投げ込んだ巨漢もいる。今は誰も、レイフに敵意を抱いてはいないらしい。

「逃げてきたんだ」

レイフは、数年前に村から逐電した従兄弟へ打ち明けた。

「密猟が見つかった」

ウィルが肩をすくめる。

「いつかそうなるって、判ってただろ？」

「捕まるつもりはなかった。現に、ここまで逃げてきたしな」

それが単なる強がりであることは、自分でも判っていた。当然、無法者たちにも悟られたはずだ。

だが、それをからかう者はいない。ここにいるのは、法から逃げてきた者ばかりなのだ。

夕食が配られ、レイフもありがたく受け取った。野草と僅かばかりの干し肉のスープだったが、それよりもひどいもので腹を満たさなければならなかった日々を、レイフは幾らでも経験している。

「で、どうするつもりだ？」

どろどろしたスープを食べながら、ジョンと紹介された巨漢がレイフに尋ねる。

「どこかに匿《かくま》ってくれる友達でもいるのか？」

口一杯に食べ物を入れたまま、レイフは顎で、隣にいるウィルを指した。ジョンが鼻で笑う。

「ウィル？　こいつこそ、匿ってくれる友達が必要な野郎だぞ」

別の一人が、自嘲の笑みに鼻を鳴らした。

「まあ、俺たち全員そうだけどな」

「だけど、こいつ、弓矢の腕前だけはいいぜ」

ウィルが言う。

「それは保証する。うまい鹿肉を食べたいときには、役に立つ」

「――川に落とされなけりゃな」

レイフは肩をすくめた。無法者たちが笑い声を立てる。

ともあれ、レイフはシャーウッドの森に受け入れられた。


素晴らしい天気の午後だった。

夫婦らしい二人連れが森の外れにいるという情報がもたらされたのは、レイフが森で暮らすようになってから一週間ほどが経《た》った頃だ。獲物を求めて道を見張っていた無法者が、仲間たちのところへ走って戻ってきたのだ。

「ちょっと散歩に出て来たって感じでな」

男はそう説明した。

「一頭の馬に二人で乗って、楽しそうにぽくぽく歩いてやがった。なかなかいい馬だぜ」

それはひと稼ぎが期待できると、無法者たちは仲間に案内されて、獲物の元へ向かった。

森の入口近くで、木漏れ日が美しい場所だった。落ち葉が柔らかな絨毯《じゅうたん》となって広がる上に敷物が広げられ、一組の男女が腰を下ろしている。中年の男と、着飾った若い女——人目を忍んで何をしにやってきたのかは、一目瞭然だった。馬は、立木に繋がれている。

今まさに敷物の上に身を横たえようとしていた男女は、突然、フードを深くかぶった十数人の男たちに囲まれ、息を呑んだ。女の悲鳴は、微かな声にしかならなかった。外されていた剣帯から男が剣を抜こうとしたが、無法者の一人がかぶりを振ってみせる。

「やめときな、怪我したくないだろ？」

男は渋々手を引っ込めた。若い女は真っ青な顔で、男の胸にしがみついている。

ジョンが、繋がれている馬の鼻面を撫《な》でた。

「いい馬だな」

「やめろ、わしの馬に触るな」

権高《けんだか》に喚《わめ》いた男に、ジョンは肩をすくめる。

「心配すんな。馬に用はねえ。森の中で面倒見てやるのは大変だし、売ればすぐに足がつくしな。俺たちが欲しいのは金だよ、旦那。怪我したくなけりゃ、大人しく渡しな」

男がぎりぎりと歯を食いしばる。

「やめろ、金なんて持ってない。私たちはただ、息抜きのために出てきたんだ」

「じゃあそれは、財布じゃないってのか？」

近くにいた無法者が、手慣れた手つきで男のベルトについていた財布を切る。掌の上で弾ませると、硬貨の触れ合う音がした。決して少ない額ではなさそうだ。

無法者たちはにやりと笑ったが、財布を取られた男は、果敢にも手を伸ばしてそれを取り返そうとした。

「金を持ってないというのは、自分たちのための金のことだ。それは違う」

「へえ？」

財布を持った男が、下目遣いに被害者を見やる。盗られたほうは必死の形相《ぎょうそう》だ。

「その金は、医者に払う金だ。息子は病気だ。生まれたときから身体が弱くて、医者にずっと掛かってるんだ」

「……」

一瞬、その場に静寂が落ちた。

もちろん、この男が嘘《うそ》八百を並べている可能性はある。状況を考えれば、その公算のほうが高い。

だが、もし本当だったら。

その躊躇《ちゅうちょ》が、盗賊たちの手を止めた。もし自分たちのせいで病人の命が失われるようになったら——。

それを鼻で笑ったのは、新参者のレイフだった。

「息子が病気？　なのにほったらかして愛人と遊んでやがんのか？　ひでえ父親だな。金を取られてもしょうがねえ」

仲間たちの間に、小さなざわめきが走った。フードの下から、皆がレイフを見やる。

男の髭面に、さっと血が上った。

「愛人だと、よくもそんな下劣な中傷を……」

だがレイフは、声を立てて笑った。この男を一目見たときから、彼は笑いをこらえるのに必死だったのだ。彼だけが、この男の正体を知っていた。

「おいおい、てめえにはその女とは別に、れっきとした女房がいるだろうが。いかにも癇癪《かんしゃく》持ちって感じの、ケチくさい女房がよ。あの女と結婚してるってことを考えると、よそに愛人を持ちたくなる気持ちは理解できないでもないが、だからって、下手《へた》な嘘はやめるんだな。でなけりゃあんたの女房に、この女のことをばらすぜ。俺はあんたがどこに住んでるのかも知ってるんだよ。森で若い女と戯《たわむ》れてるって聞いたら、あんたの女房は何て言うかね？」

「……！」

若い女がきっとレイフを睨《にら》み、その愛人は顔を強張《こわば》らせた。もしかしたら、以前自分の井戸から追い払った男のことを思い出したのかもしれないが、レイフは一向に構わなかった。あのときこの荘園領主はレイフが何者であったかを知らず、今もそれは変わっていない。

「あんたなんかに何が判るのよ！」

若い女が歯ぎしりする。

「そのお金は私のものよ。もらう権利があるのは私よ！」

「どう見ても、あんたは病気の息子じゃねえな」

ウィルが口を挟んだ。

「確かに、男を捕まえとくためきれいに着飾るのは大変だろうよ。だけど、こういう状況だ。次の逢引のときにあんたが同じ服を着てたとしても、こいつは文句を言わないだろうよ」

女はウィルにも鋭い視線を向けたが、面白がっているような笑みを目にしただけだった。

ジョンが、繋いであった馬の手綱を解《ほど》く。

「さあ、今日はもう帰ったほうがいい」

盗賊たちに促されて、男女はよろよろと立ち上がった。ジョンが親切にも、財布を失った男に馬と敷物を渡してやる。

「これに懲《こ》りたら、次はもうちょっと、人目につかない場所に行くことだな」

男女は憤慨しながらも、馬に乗って去っていった。

それを見送りながら、ジョンが改めてレイフを見やる。

「……あの男と知り合いなのか？」

レイフは片眉を上げてみせた。

「まさか。この間偶然に、ちょっと見掛けただけだ」

「だがお陰で心おきなく、この金を使えるな」

気楽そうに、ウィルが嘯《うそぶ》く。

「どうだ？　俺の従兄弟は、そこそこ役に立つ野郎だろ？」

異論のある者はいなかった。そして運よくその日の内に、立派な鹿を一頭仕留めたことで、森でのレイフの地位は揺るぎないものになった。

話があるのだと、ウィルから打ち明けられたのは、それからしばらく経ってのことだった。

レイフは従兄弟から、父の死にまつわる噂を聞いた。

酒場にて

ノッティンガムに数ある酒場では、どこでもロビン・フッドの噂《うわさ》で持ちきりだった。気に入りの店の一軒でアランはそうした噂に耳を傾け、大いに楽しんでいた。店で知り合った町の住人たちは、気前よく酒を奢《おご》るアランに、お返しとばかり様々な話を聞かせてくれる。そして昨今では、ロビン・フッドの噂こそ、最も語られる価値のある話題だと、誰もが考えている。

当然ながら、噂の大部分はでたらめだ。時折真実の欠片《かけら》程度が混じっていることもあるが、真相には程遠い。だがアランは喜んで、そうした話に耳を傾けた。ロビン・フッドという男が独り歩きを始め、彼にまつわる逸話が次々に生まれては、勝手に転がっていく様子が面白かったのだ。

その日も、酒場では様々な与太話が披露されていた。

しかし、アランはそれを聞く楽しみを中断した。明らかに飲み過ぎていると思しき一人の中年男が、店の娘モードに絡んでいるのを見つけたのだ。

周囲にいた者たちは、しかし及び腰だ。男はフランスの騎士だった。ジョン王子と共にイングランドにやってきた、いわば王子の客分だ。酒場の娘の腰に手を回したからといって、殴りつけて外のぬかるみに放り出していい相手ではない。

アランは軽《かろ》やかな足取りで、フランスの騎士に近付いた。騎士が酒臭い息を吐きながら、見知らぬ男へと顔を向ける。

「これはこれは」

フランス語で、アランは相手に話しかけた。

「こんな場所で同郷の人と会えるとは、何と嬉しいことでしょう。一杯奢らせてくださいよ。実はこの店には、フランス人にしか出さない、いいワインがあるんですよ」

流暢《りゅうちょう》なフランス語を話すにこやかな美男に、フランスの騎士は鼻白んだ。

「何だって?」

手が緩んだ隙に、モードが身体をもぎ離す。それを逃すまいと伸ばした腕を、アランはあくまで友好的な仕草で引っ摑み、さっさと自分の腕に絡めた。

「さあ、こっちに座りましょう。静かなところへね。イングランド人なんかと、無理に交流することはない。どいつもこいつも、がさつな奴らばかりですよ。この椅子へどうぞ。作りは粗《あら》いが、頑丈です。奥まった場所だから、邪魔も入らない。今、美味《うま》いものを持って来させますよ」

滔々《とうとう》とまくしたてながら、アランは手際良く、騎士を隅の椅子へと押し込めた。うまい具合に壁に寄りかかることのできる、居心地のいい席だ。元々酔っ払っていたフランス人は、少しだけ、その座り心地を試す気になったようだった。

アランはそれを見届け、モードの肩を抱いて向きを変えさせた。客の間をすり抜け、彼女を店の裏へと連れて行く。

モードは逆らわなかったが、上機嫌《じょうきげん》とはほど遠かった。不器量な娘ではないのだが、今は仕事に疲れ、無礼なフランス人に腹を立てて、唇の端を険しく下げている。あのフランス人が気前のいい客だったのなら、多少身体を触られたところで、モードもそれほど腹を立てはしなかっただろう。しかしフランス騎士は酔っ払った状態で店に現れ、彼女とその両親の店には銅貨一枚落としていない。

「あんな人、店から叩き出してよ。あんたなら、あいつを言いくるめられるでしょ？」

「もう少ししたらね」

アランは娘を宥《なだ》めた。

「頼むから、例のワインを出して来てくれないか」

モードが細い茶色の眉を上げる。

「あんたがこの間置いて行ったやつ？」

いいワインが手に入ると、アランは様々な酒場に頼んで、それを一樽《たる》か二樽、置いてもらうようにしている。自分が飲みたいというのはもちろんだが、まさに、こんなときに使おうと考えていたからだ。そして他の客には出さないように頼んである。

「そう、あれだよ。まさか、自分で飲んじまったりはしてないだろう？」

「ええ、まあ……」

不機嫌だったモードの表情が変化した。少しばかり後ろめたそうな顔になったのだ。

「父さんが一杯やってたみたいだけど……」

歯切れが悪い。ということはつまり、モードの父が飲んだのは、一杯どころではないということだ。

しかし、一樽全てを飲み干せたわけはない。

「一杯くらいなら構わないさ」

朗《ほが》らかに、アランは応じた。

「とにかくあのワインを、水差しにたっぷりと注《そそ》いで持って来てくれよ。別の安ワインなんか出したり、水で薄めたりしたら、すぐに判《わか》るからね。何てったって、僕たちはフランス人なんだから」

モードはそれを鼻であしらった。

「フランス人て言ったって、あんたは半分だけでしょ」

それから彼女は諦めたように微笑した。アランの肩に両手を置き、爪先立ちになる。

アランは彼女にキスして、その目を覗《のぞ》き込んだ。

「可愛《かわい》いモード。頼むよ」

モードは機嫌を直した。にっこりと笑うと、丸い頬にえくぼが現れる。

「判ったわ、待ってて。それから、あのフランス人に、二度と私に触らないように言って」

フランス人は、アランが用意し、モードが運んできたワインを大いに気に入ったようだった。

「まさかイングランドのこんな汚い酒場で、本物の酒が飲めるとは」

騎士の賞賛の言葉を、アランはもちろん、周囲には訳さなかった。愛想笑いを崩さず、以前フランスからやってきた騎士に仕えていたが、運悪く主人が病死したため町で暮らすようになったのだと作り話を聞かせた。そしてノッティンガム城の中の様子を探る。

「ロビン・フッドとやらの噂を聞きましたけどね」

相手のカップになみなみとワインを注ぎながら、アランは尋ねた。

「そいつは一体何者なんです？　この辺りの連中に訊《き》いても、さっぱり要領を得なくて」

「イングランド人は知らんとさ！」

フランス人騎士は喚《わめ》いた。ワインをぐいと飲み干す。

「知らんとはどういうことだ。現に城は、ロビン・フッドとその一味に攻撃されたんだぞ。知らんはずがあるか！」

「あなたはそのとき、城においでで？」

騎士は大きなげっぷを漏らし、顔をしかめた。

「生憎《あいにく》、わしは寝ていたがな」

「そうでしたか」

アランは笑いを隠してうなずいた。あの騒ぎの中、寝ていられた者がいるとは思えない。恐らく部屋の扉に閂《かんぬき》を掛け、ベッドに潜り込んで震えていたのだろう。

その点については追及せず、アランは話題を変えた。

一緒にフランスから来た人々の消息を聞く。城の内部の様子や、フランスから届くフィリップ王からの連絡、ジョン王子の動向など、城下にいてははっきりと判らないことを、この騎士は実によく喋《しゃべ》ってくれた。アランはせっせとワインを注《つ》ぎ足し、段々取り留めが無くなっていく騎士の話に、注意深く耳を傾けた。

やがて騎士の口から、アランもよく知っている名前が零れ出た。

にこにこと聞きながら、アランは内心で快哉《かいさい》を叫んだ。ロビンはこの騎士と共にノッティンガム城に入ったのだ。あの夜アランが見たと思ったのも、本当に、ロビンの顔だったかもしれない。

この騎士にロビンの悪口を吹き込んでやろうかという出来心が湧き起こったが、アランはそれを抑え込んだ。ロビンの知り合いだと騎士に教えてしまっては、彼との関係を、根掘り葉掘り質問されるかもしれない。加えて、騎士が城に戻ってロビンと話すようなことがあれば、まずいことになりかねない。

もっともそれは、このフランス人騎士が、今夜のことを覚えていればの話だが。

アランの見るところ、確率は五分五分といったところだった。フランス人騎士は一見、まだ元気に飲んでいるようだ。呂律《ろれつ》は怪しいが、その点については、この店に入ってきたときから、しっかりしているとは言い難《がた》かった。だが同じ話を繰り返したり、矛盾した説明をしたりという、泥酔者特有の癖は出ていない。

他の客に酒や料理を運んでいるモードが、時折アランのほうを窺《うかが》っては顔をしかめてみせる。酔ったフランス人騎士が、それに気付いた。

「あの娘をここに呼ぼう」

どら声で提案する。アランはゆっくりとかぶりを振った。

「それはやめておいたほうがいいでしょう」

「何故《なぜ》だ」

当然だが、騎士は不満げだ。アランは身を乗り出し、声を落とした。

「大きな声では言えない話ですがね。あの娘は、シャーウッドの森の、例のロビン・フッドの一党と親しい仲だって噂ですよ。僕なら気を付けますね、イングランドの盗賊どもは残虐ですから」

片手で、喉を掻っ切る仕草をしてみせる。騎士は不満げな唸り声を上げた。

「まったく、イングランドの役人は一体何をしている」

「前にも同じことを言った人がいましたよ」

アランはしゃあしゃあと法螺《ほら》話を始めた。

「あなたのように、立派なフランスの騎士でしたがね。イングランドの役人ども、それを聞いてどうしたと思います？　それならってんで、そのフランスの騎士に、州長官の頼みと称して、無法者どもの討伐を押しつけたんですよ。騎士は兵士を引き連れて森に入ったんですが、気の毒にも返り討ちに遭いましてね。戻ってきたのは、彼の頭だけだったという話です」

「……」

フランス人騎士が黙り込んだので、アランはさらに話を潤色してやった。

「しかもその顔が、滅茶苦茶に切り刻まれてましてね、誰とも判らぬ有様だったとか。生き残った兵士の証言で、やっと、その騎士の首だと判ったって次第でした。だからあなたも、下手なことは口にしない方がいい。そもそもイングランドの無法者なんか、イングランド人に任せておけばいいんですよ。誉れ高きフランス貴族が、そんな奴らを退治するのに手を汚してやる義理はないんですから」

アランはさらに新しい水差しを運ばせ、遂《つい》に、この騎士を酔い潰すことに成功した。

閉店の準備をしていたモードが、テーブルに突っ伏して呻《うめ》いている騎士へ、嫌悪の視線を向ける。

アランは水差しとカップをモードに返し、その頬に接吻した。

「こいつは二度と、君に無礼な態度を取ることはないと思うよ」

「そう願うわ」

モードは肩をすくめた。

「でも酔っ払いは、酔っ払ってる限り馬鹿なことをやめないものよ」

これには、アランも首肯せざるを得なかった。

「君は正しい。だが、僕もできる限りのことはしたと、認めて欲しいな」

モードは渋々、アランの主張を受け入れた。


真っ直ぐに歩けなくなっているフランス人の騎士に肩を貸し、アランは店を出た。

城の中にまでこの騎士を送り届ける気はなかった。それほど親切にしてやる理由はないし、城を守る兵士たちに、自分の顔を知られる危険を冒《おか》したくもない。

よろめきながらも、騎士は一応、自分の足で歩いている。アランは敢《あ》えて裏道をぐるぐる回り、町に不慣れな騎士が完全に道に迷うよう仕向けた。

「さあ、もう少しです」

あやすように呼び掛けながら暗い道を歩き、彼は、一軒の店の前にやってきた。

扉を開けると、太った女が姿を見せる。彼女はアランと、その肩に捕まっている騎士とを、値踏みするように見比べた。

「まさかここに寝かせてやってくれと言うつもりじゃないだろうね？」

アランは笑った。

「そのまさかなんだ」

女の横から出てきた逞《たくま》しい男に、フランス人騎士を預ける。男は無表情にフランス人を受け取り、軽々と奥へと引き摺《ず》っていった。

「だけど、金は払うよ――その男がね」

ここは場末の娼館なのだ。実際にどんな女が何人くらいいるのか、アランは確かめたことがない。娼婦を買って時間を無駄にしなくても、この太った女将は、数枚の硬貨でアランに様々な情報を伝えてくれる。

胡散臭《うさんくさ》そうな目で、女将は奥の暗がりを見やった。

「文無しじゃないだろうね？」

「もし、やつの財布に金が入っていなかったら、城に手紙を書かせればいい」

アランはそう入れ知恵してやった。

「あの男は、フランス王に仕える騎士だ。酔っ払って無一文のまま娼館に行った挙句、払う金が無くて出られないなんて不面目なことになったら、フランスに帰ってから宮廷で笑い者になるからな。必死で金を用意するだろうよ」

女将は鼻を鳴らした。

「まあいいよ、引き受けた」

「それから、僕が運んできたことは、内緒にしておいてくれよ」

太った女将は、にんまりと笑った。

「それはまた、別の話だねえ」

アランは溜息をついて、自分の財布を探った。あの騎士のお陰で、城の中にロビンがいたと判明したことを考えれば、その程度の出費は安いものだろう。

騎士から聞いた城の様子に思いを巡らせながら、アランは森のねぐらへ向かって、暗い夜道を辿り始めた。

あとがき

いつか書いてみたいなー、と、ずっと頭の中で温めていたロビン・フッドの物語が、ここにようやく形となりました。

ロビン・フッドと言えば、イギリスを代表する英雄の一人。無法者として仲間たちと共にシャーウッドの森に住み、富める者から奪って貧しき者に施《ほどこ》す義賊です。これまでに幾度となく、小説やテレビドラマ、映画の題材として取り上げられてきました。日本でもたくさんの作品が紹介されています。

しかし、そもそもロビン・フッドという人物がいつ生まれたのか、本当は何者であったのか、それは明らかではありません。

研究者によると、「ロビンフッド」という呼び名を持つ犯罪者の記録は、十三世紀の文献から存在するそうです。それ以降数百年の間に、様々な脚色が施されたロビン・フッドが大勢の人々によって語り継がれ、書き残され、繰り返し再構築されて伝えられてきました。こんなにも長く愛され続けた英雄が、他にいたでしょうか。実態が定かでないからこそ、ロビン・フッドは娯楽活劇の主人公としてうってつけだったのだと思います。

そして私も、その尻馬に乗っかってみたかったのです。

ロビン・フッドが、リチャード獅子心王の時代に生きていたという証拠は何もありません。初期の文献では、彼の物語はもっと後の時代に設定されていたようです。しかしリチャード王の時代設定で語られた物語がいつしか次第に優勢になって、現在では半ば当たり前のように、ロビン・フッドとリチャード王との邂逅《かいこう》のシーンが描かれるようになりました。

そこに、私がつけ込める要素がありました。

つけ込むというのも語弊《ごへい》があるんですが――大学では西洋中世史を専攻していたワタクシ、卒論のテーマが、まさにこの時代だったのです。ヨーク大司教ジェフリーの人生を洗い出し、あれほど父王に愛されながら、彼は何故《なぜ》、遂《つい》に王冠を手にできなかったのか、という考察をしておりました。もしかして私はこのジェフリーについて、日本で一番詳しいのではなかろうか！　と、何の根拠もなく自負しておりますが、卒論の出来はともかくとして、この時代についてはそれなりの知識と、それなりの資料を、既に持っていたわけですよ。しかも資料は、大事な個所に付箋を貼ったまま、本棚に突っ込んである！（ずぼらな自分に、このときばかりは喝采）加えて、幼い頃から洋物チャンバラを見て育ったため、ロビン・フッドは当然馴染《なじ》みのあるキャラクター。以前イギリスを旅行した際ノッティンガムへ足を伸ばし、実際に町を歩いて、ロビン・フッド・ミュージアムも楽しみ、そこでしか手に入らないであろう様々な出版物もゲットしてきました。

本書には、それらをぎっしり詰め込みました。史実については「やってやったぜ！」感で一杯です。

引き続き、下巻もお楽しみいただければ幸いです。

駒崎　優

この本を読んでのご意見、ご感想などをお寄せください。
駒崎 優先生・佐々木久美子先生へのはげましのおたよりもお待ちしております。
〒113-0024　東京都文京区西片2-19-18　新書館
【編集部へのご意見・ご感想】小説ウィングス編集部
【先生方へのおたより】小説ウィングス編集部気付　〇〇先生

【初出一覧】
緑林の掟：小説Wings'13年夏号（No.80）
銀の矢：小説Wings'13年秋号（No.81）
クリスマスの祈り：小説Wings'14年夏号（No.84）
放蕩息子の出奔：書き下ろし
酒場にて：書き下ろし

シャーウッド〈上〉

初版発行：2016年11月10日

著者　駒崎 優 ©Yu KOMAZAKI
発行所　株式会社新書館
［編集］〒113-0024　東京都文京区西片2-19-18
電話(03)3811-2631
［営業］〒174-0043　東京都板橋区坂下1-22-14
電話(03)5970-3840
［URL］http://www.shinshokan.co.jp/
印刷・製本　加藤文明社

ISBN978-4-403-22104-0